Una Dicha Merecida

Por

SUSANA QUERO DE TOSINI

Quero de Tosini, Susana
Una dicha merecida. - 1a ed. - Córdoba : El Amanecer, 2013.
184 p. ; 20x14 cm.

ISBN 978-987-26930-7-7
1. Narrativa Argentina. 2. Novela. I. Título
CDD A863

Fecha de catalogación: 23/01/2013

Una dicha merecida
2ª edición revisada

ISBN: 978-987-26930-7-7
Hecho el depósito que marca la ley 11.723

Todas las citas bíblicas se tomaron de la versión Reina Valera 1960 (RV60),
publicado por Sociedades Bíblicas.

Corrección y edición: *Luis Manoukian*
luismanoukian@gmail.com
Diseño de tapa e interior: *Martín Vega*

Para conectarse con la autora:
susyquero_728@hotmail.com

Impreso por Grancharoff Impresores
www.grancharoff.com
Impreso en Argentina – Printed in Argentina

Contenido

DEDICATORIA

Dedico la reedición de este libro a mis queridos alumnos, los que pasaron y a los que todavía concurren a mis clases de estudio bíblico, porque son los que no permiten que decaiga mi deseo de estudiar las Sagradas Escrituras cada día con más dedicación. ¡Gracias chicos!

Y a mi esposo, que ya está con el Señor, porque supo comprenderme y fue paciente conmigo, para que yo pudiera escribir este libro.

SOLA Y DESAMPARADA

El ómnibus se detiene en una de sus paradas habituales y la gente comienza a descender. Con paso ligero, se desparraman en distintas direcciones.

Es un barrio apartado de la ciudad, donde la miseria reina por doquier.

La mayoría de los pasajeros son hombres que trabajan en las fábricas cercanas; vienen despeinados, con su ropa sucia, y su aspecto en general es bastante desagradable.

Entre todos los que descienden se destaca una joven muy atractiva, alta, prolijamente vestida… Una negra cabellera enmarca su semblante, de tez apenas bronceada, en donde se destacan unos ojos azules, grandes, que, en contraste con su pelo, hacen aún más luminosa su belleza.

A pesar de su rostro preocupado y su aspecto cansado, resalta entre los demás por su limpieza y pulcritud.

Camina despacio y pensativa, ajena a sus propios pasos. Mira con cierta aprensión las calles sucias y las veredas llenas de niños medio desnudos, con sus caritas demacradas por el hambre.

Faltan todavía algunas cuadras para llegar a la pensión donde vive desde hace algunas semanas, y a medida que avanza, siente que el corazón se le encoge en el pecho.

Hubiera preferido no volver a la pensión, pero ¡no tiene otro remedio! Piensa con insistencia en alguna solución que cambie su vida, pero desde hace dos meses que va y viene por las calles de la ciudad en busca de un empleo… ¡Y, hasta ahora, no lo ha conseguido!

Esta mañana le ha parecido más larga que ninguna. Recuerda a cada instante que ya ha gastado todo el dinero que ahorró mientras tenía trabajo, y todavía está atrasado en un mes en el pago de su pensión.

Da un profundo suspiro para ahogar un sollozo que lucha por salir, y sigue caminando.

Al llegar a una esquina, un grupo de niños que se encuentran jugando a la pelota, detienen su juego al verla pasar y quedan muy quietos, mirándola. ¡Es tan distinta a todo aquel ambiente, que no pueden evitar extrañarse de su presencia allí!

–¡Pobre señorita Katy! –exclama de repente un mocoso del grupo.

–¿Tú la conoces? –le preguntan los demás a coro.

–¡Por supuesto! –explica el aludido con orgullo–. Se llama Katy Drake y vive en la pensión de doña Luisa. Llegó hace poco.

Sigue todavía un rato con la vista fija en la silueta de la joven, que ya se ha alejado bastante, y, luego de unos momentos, todos las criaturas vuelven a su juego.

Mientras tanto Katy sigue caminando con la cabeza baja y la mirada perdida en el polvo de la calle.

De pronto, un estridente silbido de la sirena de una fábrica cercana le recuerda que ya es mediodía.

Mira su reloj y apura el paso hasta llegar a la pensión. Una vez allí, se sienta en una de las mesas con un grupo de chicas y muchachos de humilde condición que trabajan y estudian en distintos lugares de la ciudad.

De atrás del mostrador, ubicado al fondo del salón, sale una señora regordeta portando una humeante bandeja llena de platos.

Se acerca a las mesas y sirve la comida. Katy come en silencio, sin levantar la mirada del plato.

Después que ha servido todas las mesas, doña Luisa vuelve hasta donde está la joven y, parándose a su lado, le pregunta con voz áspera:

–Y… ¿conseguiste algo, hoy?

Katy levanta la mirada y se encuentra con unos ojos que parecen taladrarla.

–No, señora. Todavía no conseguí empleo –se disculpa humildemente mientras siente que el corazón le late aceleradamente.

–¡Ya me parecía! –murmura entre dientes la mujer, con evidente mal humor.

Al ver la situación de la joven, una muchacha que está sentada en la otra punta de la mesa interviene en su defensa:

–¡Por favor, doña Luisa, no la moleste!

–¡Ah, sí! ¡Muy cómoda la niña! –exclama la aludida, mientras se seca las manos en un delantal bastante sucio y descuidado–. Yo, que no la moleste, y mientras tanto sigo deslomándome para que ella –señala con gesto despectivo a Katy–, con sus aires de santa, se haga la importante y rechace todas las ofertas que le hacen por ahí. ¡No sé cómo puede ser tan tonta! Si yo tuviera su cuerpo y su "pinta" ¡ya verían el dineral que me ganaría en un rato!

Katy baja la vista avergonzada, pues sabe a qué "ofertas" se refiere la mujer. Siente que sus mejillas se cubren de rubor y no se anima siquiera a levantar los ojos de la mesa.

La muchacha que ha intervenido anteriormente, al verla tan turbada, habla nuevamente:

—No la moleste más, señora. Estoy segura que dentro de poco conseguirá algo.

—¡Claro que sí! —exclama la mujer, bastante irritada—. Lo que va a conseguir es que esta misma tarde la eche. ¡Ya estoy cansada de sus promesas! Vamos a ver si ese "Señor" del que tanto habla ella, la ayuda y le manda dinero —ríe con sorna y agrega en tono de burla—. ¡Únicamente que se lo haga llover del cielo!

Después de decir esto se aleja, protestando bajito, hacia otras mesas que requieren su presencia.

Katy siente todas las miradas posadas en ella. No sabe qué hacer. Se encuentra avergonzada y a la vez muy confundida. Presiente, por el murmullo de voces, que todos en el comedor están hablando de ella.

Buscando socorro en Dios

¡No puede más! Se levanta y corre escaleras arriba hasta llegar a su cuarto. Entra y cae de rodillas al lado de su cama.

—Señor… ¡No puedo más! Envíame pronto tu socorro, te lo suplico. Ya mis fuerzas están llegando a su límite. ¡No me abandones, por favor! —solloza, ocultando el semblante entre las manos.

Queda un rato en esa posición, suspirando entrecortadamente, y luego se levanta lentamente para dejarse caer, agotada, sobre la cama.

Acostada boca arriba, siente que las lágrimas fluyen de sus ojos.

Llora. No puede evitarlo. Le han sucedido tantas cosas desagradables desde la muerte de su padre.

Recuerda cada paso de su vida, nítidamente, como si fuera ayer.

¡Pero no quiere pensar en nada! ¡No quiere recordar! Su padre le dijo que sea valiente, y tiene que serlo a pesar de todo.

–¡Oh, papá! –solloza–. Sé que debo confiar en el Señor, como confiabas tú, pero en estos momentos estoy desesperada. Si supiera qué tengo que hacer. ¡O si al menos estuvieras tú a mi lado para darme un consejo! –se siente más sola que nunca y llora desconsoladamente.

Queda un buen rato en esa posición y luego se sienta, encendiendo la luz del velador. Al iluminarse la habitación, sus ojos se posan en la Biblia que siempre se halla en la esquina de su mesita de noche. Algo se ilumina dentro de ella y, danto un profundo suspiro, la abre al azar y comienza a leer: "Por tanto os digo: No os afanéis por vuestra vida, qué habéis de comer o qué habéis de beber… pero vuestro Padre celestial sabe que tenéis necesidad de todas estas cosas… Mas buscad primeramente el reino de Dios y su justicia, y todas estas cosas os serán añadidas".

La reacción espiritual

A medida que va leyendo, siente que una dulce paz va inundando su espíritu. Enjuga sus lágrimas. Cierra la Biblia y, elevando la mirada al cielo, murmura emocionada:

–Perdón, Señor, por esta debilidad. No sé cómo has de solucionar mis problemas, pero estoy segura que no me defraudarás. ¡Ayúdame a no dudar y a confiar más en ti!

Con un pañuelito que ha sacado de un bolso, se seca las últimas lágrimas y, abriendo su valija, comienza a colocar en ella la poca ropa que posee, los libros y demás objetos que le pertenecen.

Mientras sigue guardando con calmada todo en la valija, a cada instante piensa adónde se dirigirá dentro de un rato cuando doña Luisa venga a pedirle la pieza. No tiene amigos ni parientes que puedan recibirla en su casa. Las dudas y el desaliento vuelven a penetrar en su corazón. Para evitar esos malos pensamientos, comienza a cantar en voz baja:

¿Cómo podré estar triste?
¿Cómo entre sombras ir?
¿Cómo sentirme sola
Y en el dolor vivir?
Si Cristo es mi consuelo,
Mi amigo siempre fiel,
Si aun las aves tienen
Seguro asilo en Él.

¡Feliz cantando alegre,
Yo vivo siempre aquí;
Si Él cuida de las aves,
Cuidará también de mí!

Cuando ya ha guardado todo, toma entre sus manos el retrato de su padre, mientras murmura con voz apagada por la emoción:
—¡No te defraudaré nunca, papá!

2

EL HOGAR DE LOS GARDIÁBAL

Muy cerca de la pensión en donde Katy prepara sus valijas, todavía con algunas lágrimas en sus ojos, alguien trabaja, ajeno por completo a su problema. Es un joven de unos veintisiete años, alto, moreno, de expresivos ojos grises.

Está sentado frente al escritorio de la oficina principal del gran edificio de seis pisos que corresponde a la firma Gardiábal e Hijos. Trabaja firmando documentos, fiscalizando facturas, etc.

Este joven es Alfonso Gardiábal, hijo mayor del dueño de la mayor parte de fábricas y establecimientos industriales de aquella ciudad.

Son casi las dos de la tarde, y como hace bastante calor, trabaja en mangas de camisa mientras no le anuncian ninguna visita. Ha dado orden a su secretaria que no deje entrar a nadie a su oficina hasta resolver algunos problemas que tiene pendientes; por eso, al oír que la puerta de su despacho se abre, levanta la vista extrañado; pero al ver quién es su visitante, esboza una sonrisa.

–¡Ana María! ¿Qué te trae por aquí?

–¡Hola Alfonso! ¿Puedo pasar? –pregunta la recién llegada, todavía en el umbral–. Tu secretaria me dijo que tenía orden de no dejar entrar a nadie… ¿Molesto?

–Bien sabes que no –sonríe el joven cordialmente–. Pasa. Siéntate mientras yo trato de resolver algunos problemas que se me presentaron esta mañana.

La nieta del jardinero

Ana María obedece en silencio y va a ubicarse en uno de los sillones frente al escritorio del joven.

La recién llegada es una joven de dieciocho años, morena, de inmensos ojos negros como el carbón. Lleva el cabello suelto, largo hasta los hombros. Como siempre, no ha necesitado permiso de nadie para deslizarse hasta la oficina del director gerente. Todos en el establecimiento la conocen desde pequeña y saben que sus dueños la reciben gustosos sin necesidad de anunciarla. Es la nieta del jardinero de la mansión donde viven los Gardiábal, y como fue abandonada de jovencita por sus padres, doña Margarita la trajo a vivir con ellos; mas tarde pagó sus estudios y se ocupó de toda su educación. La muchacha creció rodeada de todas las comodidades y privilegios que gozaban sus otros dos hijos.

Alfonso levanta un momento la vista de su trabajo para acomodar algunos papeles de su escritorio y sonríe ampliamente al ver que Ana María, en vez de estar en el sillón, como corresponde, se halla sentada graciosamente en el pasamanos, mientras balancea una de sus piernas en el aire. "No cambiará nunca", piensa divertido mientras termina de despejar el escritorio y se levanta para buscar su saco que ha dejado en el perchero de entrada.

–¿Ya nos vamos? –Ana María va a su encuentro.

–¡No, Any! Debo recibir gente que vendrá a tratar algo de importancia –el joven se coloca el saco y abrocha el último botón de la camisa para ponerse la corbata–. Esta mañana se accidentó un obrero, ¿sabes? Y debo tratar su indemnización y otras cosas.

Ana María asiente en silencio, mientras Alfonso ordena a su secretaria que haga pasar al personal que lo ha estado esperando, y se retira discretamente hacia el extremo más alejado del espacioso despacho. Así termina por venir a refugiarse en el hueco del amplio mirador, distrayéndose en observar el vasto panorama que ofrece el importante complejo industrial.

Hasta sus oídos llegan las voces de las personas que discuten en la oficina, y, como siempre, se oye a Alfonso defendiendo a su empleado, que en esta ocasión parece que tuvo la culpa de su accidente. Ana María sabe que si ese problema lo hubiera tratado don Alfonso, todo hubiera sido diferente. Aunque es muy bueno y condescendiente con todos, cuida más su riqueza que cualquier otra cosa. En cambio, su hijo, vela más por los intereses de los empleados que por los propios. "Es realmente un joven como pocos", piensa emocionada.

No sólo piensa eso al oírle defender abiertamente a su empleado, sino por todo lo que ha hecho durante su vida. Recuerda cómo desde muy joven se ocupó de ayudar a su padre en todo lo que podía. Después quiso ser ingeniero para poder participar de la sección industrial de la empresa y así aliviar el trabajo de don Alfonso. Estudiaba y trabajaba como si fuera un muchacho que tuviera que ganarse el sustento para vivir. Y, sin embargo, es el heredero directo de toda la fortuna de los Gardiábal. ¡Y eso ya es mucho decir!

Después que terminó su carrera se dedicó por entero a trabajar en la empresa, no dándose un minuto de tregua. Y, por si fuera poco, cada vez que su padre, como en ese día, sale en viaje de negocios, se dedica personalmente a atender las oficinas. "Es demasiado para él", murmura emocionada Ana María, y siente que su corazón se ensancha en el pecho. Se siente orgullosa de que todos la consideren, como la "hermanita menor" de Alfonso.

Mientras tanto, el joven ya ha despachado a sus colaboradores y queda solo ante la mesa de trabajo.

—¡Ana María! —llama, al no alcanzar a divisarla.

—Aquí estoy, Alfonso, en el balcón… —la joven se acerca al umbral de la puerta de cristales, abierta de par en par.

Al verla, el joven viene hacia ella riendo:

—Creía que te habías cansado de esperarme. ¿Tú ya almorzaste?

—No. Como doña Margarita fue a esa fiesta del centro industrial, decidí venir a almorzar contigo.

—Entonces. ¡Ni una palabra más! Iremos a comer a la costanera. ¿Qué te parece?

—¡Oh, es hermoso! ¡No podías haber elegido un lugar mejor! —exclama alborozada Ana María.

Alfonso sonríe comprensivo. Él ya sabía de antemano cómo reaccionaría la joven. La costanera es uno de sus lugares favoritos. La toma del brazo con cariño y la conduce hasta el ascensor.

Una vez que han llegado a la planta baja, Alfonso se dirige a la portería.

—Si viene el señor Gardiábal, le da estas llaves y le dice que, por favor me llame a mi celular —ordena cordialmente al portero.

Éste asiente con una amplia sonrisa.

—Muy bien, señor Albornoz, así lo haré.

Ambos jóvenes lo saludan y se retiran. Cruzan la gran sala de entrada y comienzan a descender lentamente los amplios escalones que sirven de basamento al gran edificio donde están instaladas todas las oficinas de esa cadena de fábricas. Ana María camina en silencio, pero con un apretado nudo de arrugas en su frente.

Alfonso la mira intrigado.

—¿Qué te sucede, Any?

La pregunta del joven la sobresalta.

–Nada en especial. Solamente que al oír al portero llamarte señor Albornoz tan ceremoniosamente, recordé que aquí nadie te conoce como el hijo mayor de don Alfonso Gardiábal, sino simplemente como el ingeniero Marcos Albornoz, debido a que nos tienes prohibido a todos los que te conocemos, y aún a tu propia familia, que delatemos tu verdadera identidad. Yo sé que lo haces para que tus empleados te traten con menos recelo y así te puedas enterar de todas sus necesidades para poder ayudarlos. Pero… No sé… Pienso que si ellos supieran que en realidad eres Alfonso Gardiábal, te seguirían tratando igual, o quizá mejor que ahora, con más respeto.

–Sí –Alfonso la interrumpe bruscamente–. Con mayor respeto, pero a la vez con más recelo, y eso a mí me incomoda. No puedo tolerar que me miren como a un ser superior a ellos.

–Bueno, es que de un modo u otro eres superior, aunque no lo quieras.

–¿Por qué? ¿Por ser un Gardiábal? ¿O porque tengo más dinero que todos ellos juntos? No, Any. Bien sabes que para mí ni el abolengo, ni el dinero hacen diferencias entre las personas. Cada cual debe valer por lo que es como ser humano, y no por su posición social –con estos comentarios han llegado ya hasta el auto y se instalan en él–. Después de todo, no los engaño, Marcos Albornoz también es mi nombre.

Ana María lo mira un poco perpleja.

–Bueno, tu primer nombre y apellido es Alfonso Gardiábal, y creo que nadie te conoce así –se coloca un poco de costado–. Pero, después de todo, pienso que tienes razón. Yo misma, me siento mucho más a gusto contigo que con don Alfonso o Ricardo. Ellos siempre me recuerdan que son superiores a mí. Aunque no me digan nada hiriente, ni grosero, no sé –se encoge de hombros–.

Parece que, con su trato solamente, me estuvieran recordando que no soy más que la nieta de su jardinero.

Ricardo

–No digas eso, Any –le reprocha Alfonso con dulzura–. Sabes muy bien que todos te consideramos como de la familia. Solamente que papá y Ricardo tratan a todos como seres inferiores a ellos. Creo que en el fondo se sienten superiores. Especialmente Ricardo, creo que considera un privilegio haber nacido rico.

–Pero él no lo hace con maldad –interviene Ana María–. Creo que lo hace inconscientemente. Está acostumbrado a que todos lo traten con las mayores consideraciones, y no se da cuenta que con su actitud puede herir a las personas que trata.

Alfonso, que observa a Ana María por el espejo retrovisor, sonríe para sus adentros al notar el delicado tono admirativo de la joven hacia su hermano. Él sabe que Ana María está enamorada de Ricardo desde muy niña. Un amor puro y bueno, que fue germinando en su corazón a través de los años. Y, por supuesto, sufre al ver que él la trata con indiferencia, mientras sale con cuantas chicas se le presentan. "Es bastante bonita", piensa, "pero no deja de ser la niña que fue siempre".

En ese momento debe interrumpir sus pensamientos al oír la voz de Ana María.

–Después de todo, creo que Ricardo aprovechó mejor su apellido. Prefirió estudiar aquí, usando su verdadero nombre, e hizo su carrera mucho más rápida y con menos dificultades que tú, que preferiste estudiar en el extranjero, dando tu primer nombre y apellido para que no te reconozcan. En ese sentido tienes que reconocer que supo aprovechar sus privilegios.

–Tal vez tengas razón –dice Alfonso pensativo–, pero sabes que yo no puedo vivir de la manera que vive él. Es tan estúpido pasarse la vida sin hacer algo útil.

—Él no tiene la culpa —lo defiende Ana María—. Es joven, buen mozo, y además tiene todo el dinero que quiere a su disposición. ¿Qué quieres que haga más que pasear y divertirse? —esboza una mueca que se parece muy poco a una sonrisa y queda callada, notando que la voz se le va a quebrar.

Alfonso sigue conduciendo, sin hacer comentarios.

Llegan a la costanera y, después de almorzar en una franca amenidad, regresan al auto, cruzando de parte a parte la ciudad hasta llegar a la zona residencial. Enfilan por una ancha avenida bordeada de magníficas residencias en medio de sus parques y jardines.

En todas las viviendas se nota el derroche de lujo y comodidad. Al llegar a la altura de la suya, Alfonso detiene el automóvil antes de traspasar el umbral del portón. Con su control remoto lo abre e ingresan a la propiedad.

Es una mansión que se destaca por sobre todas las otras de ese barrio, no sólo porque en tamaño y lujo excede a las demás, sino porque sus dueños han tenido un exquisito gusto al elegir cada uno de los adornos y elementos que ostenta.

Alfonso dirige el vehículo a través del camino empedrado hasta llegar a la rotonda. Sin parar el motor, se reclina por delante de la muchacha y abre la portezuela.

—Baja aquí. Yo iré a dejar el coche en el garaje para que lo laven.

La joven obedece en silencio y comienza a caminar lentamente hacia la entrada principal de la mansión. Cruza la rotonda cabizbaja y pensativa, sin advertir que otro auto se detiene a su lado.

—Buenas tardes, señorita —la saluda con mucho respeto un joven desde adentro del vehículo.

Ana María ha reconocido en el acto aquella voz y siente que su corazón comienza a latir más aceleradamente.

–¡Ricardo! –exclama alborozada, sin poder ocultar su alegría–. No te había visto. ¿Cuándo llegaste?

–Recién –el joven, muy sonriente, desciende del auto. Entrega las llaves a un criado que se ha acercado–. No lo guarde en el garaje, porque enseguida vuelvo a salir –le ordena, y viene muy sonriente al encuentro de la joven, que permanece muy quieta, esperándolo, como si de la personalidad de Ricardo emanara un cierto magnetismo que la mantiene paralizada, sin poder reaccionar.

Es un joven alto, fornido, de anchas espaldas y fuerte tórax. Abundante cabello rubio y ojos azules, muy claros.

–¿Qué tal, Any? –pregunta con mucho cariño. La besa en la mejilla y la toma suavemente del brazo, conduciéndola hasta el interior de la mansión.

–¿Cómo está doña Margarita? –saluda Ana María, yendo al encuentro de una hermosa mujer que está cómodamente sentada en un mullido sillón al costado de un amplio ventanal. La besa con dulzura y se ubica a su lado.

Ricardo también viene hasta donde se encuentran ellas.

Doña Margarita

–¿Te divertiste en el almuerzo? –pregunta a su madre, ubicándose en otro sillón frente a ellas.

Doña Margarita hace un gesto de aburrimiento y sonríe.

–Tú sabes que yo nunca me he divertido en esas fiestas. Fui para cumplir con esa gente, porque Alfonso no estaba, que si no… –se encoge graciosamente de hombros–. ¡Me hubiera quedado muy tranquila en casa!

–¡Qué distinta eres a papá! –exclama Ricardo, sonriente–. ¡Él se la pasaría de fiesta en fiesta!

–Sí, ya lo sé. A él le agrada estar en esos ambientes –mira con picardía a su hijo–. Y tú te le pareces bastante, porque es raro el día que vienes a comer a casa.

–¿Y qué quieres? Soy un digno hijo de don Alfonso Albornoz Gardiábal –exclama Ricardo con orgullo.

–Te le parecerás mucho en ese aspecto –interviene Alfonso, que en ese momento ingresa en la habitación–. Porque si es por la dedicación al trabajo, creo que no te pareces en nada a papá –viene hasta donde está su madre. La besa con cariño y se sienta a su lado–. ¿Qué tal la pasaste, mamá?

–Como siempre –doña Margarita, acaricia con mucha dulzura la mano de su hijo que ha quedado depositada en su rodilla.

–Yo traté de desocuparme temprano para evitarte la molestia –explica Alfonso en tono suave–, pero cuando quise acordar, ya había pasado la hora del almuerzo.

–No te preocupes, querido –lo interrumpe con cariño su madre–. Tú ya tienes bastante con atender todas las cosas de tu papá y las tuyas. Además, sé muy bien que a ti te gusta menos que a mí esa clase de reuniones.

–Sí, mamá, tienes razón. –Alfonso ríe y se recuesta perezosamente en el sillón.

Su madre, se siente apenada al ver su gesto de cansancio.

–Cuando esta tarde venga Alfonso, le diré que te dé unas vacaciones.

Su hijo levanta la mirada.

–¡Ni lo pienses, mamá! ¡Hay demasiado trabajo en la fábrica como para pensar en tomarme vacaciones!

–Siempre me contestas lo mismo –le reprocha su madre–. Cuando estudiabas, me decías que al terminar la carrera ibas a hacer un largo viaje para despejarte un poco de tantos libros. Hace tres años que te graduaste y, como papá te necesitaba, te pusiste a trabajar, sin siquiera viajar a Barcelona, ¡que bien cerca queda! ¿Cuándo piensas hacerme caso, querido? –le acaricia el cabello como si estuviera con un niño.

–Por ahora no puedo, mamá.

Doña Margarita intenta decir algo más, pero se ve interrumpida por Ricardo.

–¡Por favor, mamá! No insistas. Bien sabes que no lo vas a convencer. Y, después de todo, ¿por qué te afliges tanto? –bromea–. ¿Acaso no paseo yo por los dos?

Su madre lo mira reprochándole su actitud, pero en cambio Alfonso comenta risueñamente.

–Después de todo, creo que tienes razón. ¡Tú paseas por toda la familia junta! –se levanta y va hasta el gran ventanal, por donde penetra una suave brisa fresca. Ricardo y Ana María se reúnen con él y comienzan a charlar animadamente de temas diversos.

Doña Margarita se retira hasta un rincón para dejar a los jóvenes con mayor libertad. Toma un libro y comienza a hojearlo. De vez en cuando levanta su mirada y sonríe complacida al oír las conversaciones de sus hijos. Ella sabe que, a pesar de la diferencia de opiniones, los dos hermanos son muy unidos y confidentes. Se quieren y respetan como buenos hermanos. Como siempre, aunque Ricardo, aparentemente, es el más decidido, termina por pedirle un consejo a su hermano mayor. Alfonso, con amor fraternal, le guía en todo lo que considera necesario.

De repente, un bocinazo en la calle quiebra el silencio reinante.

Elvira, la frívola amiga

–Es Elvira, que viene a buscarme para ir a la playa –Ricardo se dirige a llamar a un criado–. Diga a la señorita que enseguida estoy con ella.

El sirviente asiente con una reverencia y se retira.

–¿Sigues saliendo con Elvira Manzano? –le pregunta Ana María.

–¡Por supuesto! Es una chica bastante divertida.

–No sé cómo te puede gustar esa chica –protesta Alfonso–. ¡Parece una vulgar comediante siempre en escena!

–Quizás en el fondo sea buena –interviene Ana María–. Bastante loca y frívola, pero a lo mejor es porque sus padres no supieron educarla. A tu lado cambiará, seguro.

Ricardo la mira sonriente.

–¡Por favor, Any! ¡Hablas como si fuera a casarme con ella!

–¿Es que no son esas tus intenciones?

–¡Por supuesto que no! –exclama Ricardo algo contrariado–. Me gusta como compañera o amiga, pero hasta ahí, nada más. Elvira coquetea con cuantos muchachos se le presentan.

–Y sabiendo todo eso, ¿todavía sales con ella? –pregunta Alfonso disgustado.

–Pero, ¡hermano! –Ricardo sonríe con cierto tono burlón–. No pareces de esta época. Yo no puedo entregarme únicamente a una mujer. Soy muy joven todavía y necesito ser libre por algún tiempo para saborear la vida y lo que ella me ofrece. Si Elvira es así, tanto mejor. Así sé que no debo llegar a compromisos mayores con ella –queda callado un momento y de repente su rostro adquiere una seriedad inesperada–. Lo que pasa es que no estoy de acuerdo con tus ideas. Realmente no te comprendo. Nos tienes prohibido a todos que revelemos tu verdadera identidad porque prefieres ser un muchacho cualquiera, sin ningún privilegio, cuando con sólo decir que eres un Gardiábal, se te abrirían todas las puertas y te harían toda clase de honores. ¿Crees acaso que no vale la pena ser lo que somos? –pregunta con gesto de suficiencia.

–Quizás tengas razón. Pero bien sabes que yo no pienso lo mismo. Especialmente la mujer que elija como esposa, quisiera que me ame a mí, hombre, con todas mis cualidades y defectos, y no a un Albornoz Gardiábal, como dices tú con tanta suficiencia. Porque solamente así sabré que me amará toda la vida, pase lo que pase, sea rico o pobre.

Ricardo quiere discutir su posición, pero se contiene.

–Me voy. Me están esperando –sale, cerrando la puerta.

Pesares de juventud

Ana María, que ha permanecido todo el tiempo sentada en un sillón, se levanta y se dirige lentamente hacia el gran ventanal ubicado a un costado de la sala. Corre apenas las cortinas y se queda mirando hacia la calle con melancolía. Allí está el auto de Elvira Manzano, parado a la entrada de la mansión, con su odiosa dueña sentada tranquilamente a un costado del volante. Sin que Ana María pueda evitarlo, un cúmulo de pensamientos comienzan a agolparse en su mente. La ve allí sentada, tan segura de sí misma, y siente que el corazón se le estruja en el pecho. "Si yo pudiera ser así". Ella sabe que Elvira ha sido siempre la indiscutible belleza del barrio; la chica más cortejada de toda la colonia. Por eso no le extraña que ahora sea Ricardo el que la acompañe, "a él le gusta conquistar a chicas como ella".

Debe interrumpir sus pensamientos al ver aparecer la gallarda silueta de Ricardo, vestido ya con ropa de playa, que, después de cruzar los jardines a paso firme, se dirige hasta el auto, que se halla detenido en el portón de entrada. Saluda con la mano y se instala al volante. Ana María no puede evitar un gesto de disgusto cuando observa a Elvira que coloca su brazo en el hombro y se recuesta mimosa sobre él.

Con un brusco tirón vuelve a cerrar las cortinas y viene a sentarse al lado de Alfonso, con el ceño fruncido. Éste, que ha observado toda la escena, sonríe comprensivo. Toma las pequeñas manos de la joven entre las suyas y le habla con dulzura:

—No pongas esa cara, que ese tarambana no merece ni un disgusto tuyo.

Ella alza los ojos, un poco húmedos, y hace un gesto que parece una sonrisa.

—Soy una tonta, ya lo sé… Pero no puedo evitarlo.

Alfonso observa la carita triste de la joven y le aconseja:

—¿Por qué no pruebas con dejarte acompañar de algún muchacho que te festeje? De Juan José Ezquerra, por ejemplo, que veo que siempre ronda a tu lado. Cuando Ricardo te vea cortejada, se dará cuenta de que ya has dejado de ser una chiquilina. O mejor dicho —la mira con picardía—, que esa niña ya ha crecido y se ha convertido en una hermosa mujer.

—¿Tú crees que a él le importaría? —pregunta Ana María, con un nuevo brillo en los ojos, ante la perspectiva de que su amigo tenga razón.

—Yo creo que mi hermano te quiere, Any. Pero no se da cuenta. Como siempre te tiene a su lado, está tan acostumbrado a verte y a tratarte, que se olvida de que el tiempo ha pasado —y observando el optimismo que sus palabras han despertado en la joven, agrega—. No quisiera tampoco que llegues a ilusionarte demasiado, porque quizá lo que Ricardo siente por ti no es nada más que un cariño fraternal, como el mío, y entonces sería aún más grande tu desilusión.

—No te preocupes —dice Ana María con seguridad—. Y gracias por tus palabras, Alfonso… Realmente te siento como si fueras mi hermano mayor. Siempre comprendes mis sentimientos, me ayudas con mis problemas y me das la palabra exacta para consolarme. ¡No sé qué haría sin ti!

El joven sonríe complacido.

–Es que te quiero mucho. Any, y no puedo verte sufrir.

–Gracias, eres muy bueno.

–Y ahora, ¿qué te parece si vamos a tomar algo fresco y luego bajamos a la playa?

–¡Me parece una excelente idea! –exclama Ana María mientras se pone de pie de un brinco–¿Quieres que vayamos a ver si el abuelo tiene algo rico?

–¡Perfecto! –prorrumpe Alfonso, imitando a su amiga, y así entre risas y bromas, salen de la mansión y se dirigen hacia la casita del jardinero, que se halla ubicada en el lote vecino, separadas ambas propiedades por un seto de cipreses recortados, en el que se destacan los claros practicados para permitir el acceso de un jardín a otro, como si en realidad se tratara de uno solo.

Doña Margarita, que ha permanecido silenciosa todo el tiempo para no interrumpir sus confidencias, al salir los jóvenes, se levanta y va hasta el ventanal. Los mira cruzar los jardines tomados de la mano y no puede evitar que una sonrisa brote de sus labios. ¡Qué bueno y comprensivo es Alfonso y qué orgullosa se siente de él! ¿Y Ana María? ¡Pobre! ¡Enamorarse nada menos que de Ricardo!

3

LA TRISTE HISTORIA DE KATY

Los dos jóvenes van llegando a la casita del jardinero. Alfonso se ha quedado serio y camina cabizbajo y pensativo.

–Dime, Ana María, ¿hace mucho que no ves a Katy?

La joven, que en ese momento va subiendo una pequeña escalinata, se para en seco.

–¿A quién te refieres? ¿A Katy Drake? –el gesto afirmativo de Rafael le confirma su pregunta–. Hace bastante tiempo que no sé de ella. ¿Le pasa algo?

En ese momento llegan a la puerta. El joven la abre y, haciendo una reverencia, invita a la muchacha a entrar al interior. Es una casita pequeña, pero bonita. Los muebles, aunque pocos y sencillos, son muy confortables.

Se dirigen hacia un pequeño bar, al otro lado de la salita de entrada. Alfonso se sienta en un taburete a orillas del mostrador. Ana María coloca dos vasos frente al joven, y los llena con refresco que ha sacado de la heladera.

–¿Por qué me preguntaste sobre Katy?

–Porque el otro día la vi salir de una casa de comercio y tenía muy mala cara. Y eso para mí es muy extraño, porque aunque no he tenido tiempo de tratarla mucho, siempre que la he visto, lucía un rostro radiante.

–¡Katy es una muchacha excepcional! Yo, que la conocí mucho mejor, te lo puedo asegurar.

–Dime, Any, ¿dónde conociste a Katy?

–En el reformatorio. ¡Fue la única amiga que tuve en ese lugar tan horrible!

Alfonso la mira extrañadísimo.

–Pero, ¿cómo puede ser que una joven tan dulce y delicada como ella haya estado en un lugar así?

Ana María de pronto se siente interesada y, apoya los codos en el mostrador.

–Habían cometido una cruel injusticia.

–Como hicieron contigo.

–Lo mío bien sabes que no fue tanta injusticia. Tenían pruebas suficientes como para condenarme por más años de los que lo hicieron.

–Sí, pero todas eran pruebas falsas –afirma Alfonso, contrariado.

–Para la policía no lo eran. Me habían visto entrar varias veces en la joyería que luego asaltaron mis padres, y cuando fueron a revisar mi casa, encontraron entre mis pertenencias joyas robadas.

–Que tus padres te habían puesto sin que te dieras cuenta –la interrumpe el joven, con evidente disgusto.

–Bueno, pero ellos habían muerto en el tiroteo con la policía y no pudieron testificar a mi favor –explica con seriedad Ana María–. Y si hubieran vivido, no sé si lo hubieran hecho tampoco –mira directamente a Alfonso y sonríe con sorna–: Con todos esos antecedentes, ¿qué crees que tendrían que haber hecho conmigo?

–No lo sé… Creo que tendrían que haber investigado mejor.

–Tu madre fue demasiado buena conmigo –Ana María se levanta y viene hasta el centro de la salita–. Pero ¿sabes una cosa? –se tira sin conmoverse sobre un diván–. No me arrepiento de haber estado esos dos meses en el reformatorio. Allí pude conocer a Katy. Fue tan buena conmigo que me hizo olvidar por completo dónde estaba. Con todas era igual, y eso que algunas se le burlaban y la trataban mal. Sin embargo, ella nunca protestaba ni les contestaba –brillan sus ojos al seguir recordando–. Yo me encariñé tanto con Katy que cuando tuve que salir, hasta lloré por tener que separarme de ella.

–Pero, ¿por qué estaba ahí adentro? –Alfonso se dirige a sentarse junto a su amiga.

–La culparon de un robo… Pero ella no fue.

–¿Katy te lo contó?

–No. Ella lo único que me dijo fue que a los diez años murió su padre. Su madre ya había muerto cuando ella tenía dos años. Como quedó huérfana siendo aún menor de edad, la internaron en un orfanatorio allá en Argentina, donde falleció el padre. Después fue una familia muy adinerada y se interesó por ella. La sacaron y la trajeron aquí, a España, de donde era esa familia… Si no me equivoco el apellido era Ruiz. Trabajó para ellos unos años y después fue lo del robo –Alfonso continúa mirándola, sorprendido–. Yo, desde un principio vi que ella era muy distinta a todas las mujeres que estaban allí internadas. Un día vino alguien a visitarla y noté que ella recibió con bastante disgusto esa noticia. Me extrañé muchísimo de esa actitud, tan inusual en ella, siempre tan dulce… Así que me las ingenié para que me dejaran salir a la enfermería, que quedaba al lado de la sala de visitas. Fui y dejé la puerta entreabierta. Así pude escuchar la conversación.

–¿Y qué decían? –Alfonso evidencia notable ansiedad.

—Era un muchacho alto, de cabello castaño y ojos grises. Katy le pedía que la dejara en paz. Que no quería saber nada de él –Alfonso se ha inclinado hacia adelante para escuchar mejor el relato–: De esa manera pude enterarme que él (Katy lo llamaba Hugo), había querido seducirla, o tener relaciones con ella. Y como Katy se negó, había robado las joyas de su madre, culpándola a ella para vengarse.

—¡Sinvergüenza! –Alfonso hace un gesto de asco–. Pero como es un "niño bien", todos le creyeron a él y condenaron a la pobre muchacha.

—El día que ese tipo fue a visitarla, le ofreció anular la denuncia, o sea, dejarla en libertad, a cambio de que ella fuera "más condescendiente", le dijo.

—¿Y qué hizo Katy?

—Se negó rotundamente, por supuesto, y le pidió que no volviera más. Entonces se levantó hecho una furia y le gritó que iba a dejar que se pudriera en la cárcel.

—¡Pobre chica! –Alfonso está visiblemente conmovido–. ¡Qué destino tan cruel le ha tocado vivir! –se muestra pensativo y preocupado–. Y ahora, ¿qué contratiempo tendrá?

—Seguramente ha quedado otra vez sin empleo.

—Yo no comprendo cómo no consigue algo con todos los conocimientos que tiene. En la universidad ya estaba en el último año.

—Es que, para el que ha estado en un reformatorio, todas las puertas se cierran…

—¡Tienes razón! ¡Esa debe ser la causa! –Alfonso da un profundo suspiro–: ¡Cómo quisiera poder ayudarla!

—¿Quieres que vayamos a verla? –a Ana María se le ilumina el rostro.

—¿Sabes su dirección?

—Sí. Fui a visitarla varias veces –y al ver un gesto de preocupación en el rostro de su amigo, le pregunta–: ¿Qué te pasa, Alfonso?

¿No estás contento de ir a ver a Katy?

–No es eso, Any. Quizás te parezca tonto, pero hay algo en esa muchacha que me cohíbe. La veo tan hermosa y a la vez con una pureza tan delicada en su mirada que, por más deseos que tuve de acercarme a ella, ¡nunca pude hacerlo! –se levanta, va hasta la ventana y queda con la mirada perdida en las plantas del jardín.

Ana María se siente enternecida al ver a su amigo tan preocupado y, mirando su reloj, exclama:

–¡Alfonso! ¡Ya son las seis de la tarde! Si no nos apuramos vamos a llegar de noche.

El joven, como si volviera de un mundo desconocido, se sobresalta un poco.

–¿Qué hora dijiste? Cuando charlamos tú y yo parece que el tiempo pasa más aprisa. Subo a cambiarme –cruza la salita hasta llegar a la puerta–. ¿Dentro de cuánto te espero en el garaje?

–Quince minutos, nada más.

–¡Hummm! ¡Me parece difícil! ¡Con lo coqueta que eres! –bromea con cariño Alfonso, pero enseguida cierra la puerta bruscamente para evitar que un almohadón que le ha tirado Ana María logre sus propósitos.

La joven ríe ante las ocurrencias de su amigo y alzando lentamente el almohadón, se queda abrazada a él por algunos instantes. "Parece que Alfonso se ha enamorado de Katy", piensa con alegría. "¡Ojalá lleguen a ser novios! ¡Formarían la pareja ideal! ¡Son tan buenos los dos, que bien merecen ser felices!" Da un hondo suspiro, vuelve a colocar el almohadón en su lugar y se dirige a su habitación.

Alfonso ha abandonado la casita con paso ligero, pero a medida que avanza va caminando cada vez más lento. No puede alejar de su mente todo lo que Ana María le ha contado de Katy. ¡Pobre muchacha! ¡Qué historia más triste la suya! Lo que le resulta más extraño es que, aún con todo lo que le ha pasado y las injusticias que ha debido soportar, no es una muchacha triste o resentida de la vida. En la Facultad él la ha visto siempre alegre y dispuesta a alentar a los demás. ¡Parecía una chica feliz! ¡Y pensar que él creyó que provenía de una familia bien constituida, donde le daban toda clase de gustos! Y ahora, no sólo se ha enterado que es huérfana, sino que ha tenido que pasar por momentos muy tristes en su vida. "Realmente es una chica admirable", suspira conmovido Alfonso, y al darse cuenta que se ha detenido en medio del jardín, se apresura a continuar su camino. Cruza a grandes pasos lo que le resta y penetra en la mansión.

4

LA PRIMERA ENTREVISTA

Luego que Alfonso termina de arreglarse, se dirige hasta el cuarto de su madre a despedirse y baja hasta el garaje, donde lo está esperando Ana María.

El barrio residencial ha quedado atrás, cuando el joven rompe la pausa que se ha hecho entre ellos.

—Any, te recuerdo que delante de Katy me llames Marcos —le advierte con cariño—. Ella me conoce con ese nombre.

—¡Cierto! ¡Ojalá no se me escape y te llame Alfonso!

—Trata de hacerlo. No quisiera que Katy se enterara que soy el hijo mayor de don Alfonso Gardiábal. Creo que con todo lo que le ha pasado, si se entera que soy rico, y, además, de la aristocracia, no se va a sentir muy cómoda conmigo.

—No te preocupes. Pero… ¿quién le dirás que son tus padres?

—No lo sé, pensaré algo.

Circulan por las calles más céntricas de la ciudad y Alfonso debe poner toda su atención en el volante. Ana María permanece muy quieta a su lado, indicándole por dónde debe conducir.

Llegan pronto a la pensión y, al preguntar por Katy, se llevan una triste sorpresa.

–Hace más de dos meses que ya no vive aquí –les dice la encargada.

–¿Y no sabe adónde ha ido? –pregunta Alfonso con vivo interés.

–Cuando salió de aquí, no sabía adónde iba a ir –contesta apenada la mujer que los ha atendido–. Por eso no nos dejó ninguna dirección. Además ella me dijo que no tenía parientes. ¿Ustedes son amigos suyos?

–Sí, señora –se apresura a decir Ana María.

Alfonso ha quedado tan trastornado con la noticia, que no se atreve a hablar. Ya están por retirarse, cuando se les acerca una muchacha.

–¡Hola, Marcos! –saluda alegremente al joven, tendiéndole la mano con una sonrisa comunicativa, pero al advertir el rostro sombrío de él, pregunta interesada–: ¿Les sucede algo?

–No, nada –se apresura a contestar Ana María con una sonrisa forzada–. Solamente que vinimos a buscar a una persona y no la hemos encontrado.

–Díganme si los puedo ayudar en algo. Tal vez yo conozca a esa persona –se ofrece la muchacha, dispuesta a ser útil.

Al oír esto, Alfonso vuelve a recobrar el optimismo.

–¡Tienes razón Mag! Tal vez tú nos puedas ayudar a encontrar a la muchacha que buscamos. Se llama Katy Drake.

–¡Ah, es ella! –el rostro de la joven se entristece–. Supongo que ustedes no saben que volvió a quedar sin trabajo.

–¡Lo que suponíamos!

–Sí. Katy buscó otro empleo, pero anduvo por más de un mes y no pudo conseguir nada, así que decidió abandonar esta pensión e irse a una más barata. Yo me ofrecí a ayudarla a pagar, pero a ella ya le quedaba muy poco dinero y no quiso aceptar el mío, porque sabía cuánto lo necesitaba –se detiene, dando un hondo suspiro.

–Pero dime ¿sabes dónde está ahora? –Alfonso no disimula su ansiedad.

Mag lo observa por unos instantes.

–Se fue a vivir a una pensión de la calle de las Tapias.

–¿De las Tapias? –Ana María cree que no ha oído bien.

Mag asiente en silencio y Alfonso se lleva las manos a la cabeza, sorprendido.

–¡Pobre Katy! ¡Dónde tuvo que ir a parar! ¿Tú sabes su dirección actual?

–Sí, aquí la tengo –la muchacha busca en su bolso. Después de algunos momentos saca un papel bien doblado y se lo entrega a Alfonso. Éste lee rápidamente la dirección y, agradeciendo su interés con voz apagada, toma a Ana María del brazo y se retira a grandes pasos.

–¡No puedo ni siquiera pensar que una muchacha tan pura y dulce como Katy esté en un barrio como ese! –pone en marcha el auto y pisa el acelerador.

En un momento llegan al barrio mencionado y comienzan a buscar la dirección anotada en el papel. Entre tumbos y sacudidas, debido a los baches de las calles, llegan, por fin, a la pensión indicada.

Alfonso se baja apresuradamente, pero al ver el aspecto sucio y descuidado que presenta la casa, queda parado por unos instantes. Siente que algo se le marchita en el pecho.

–¡Qué horrible es esto! –Ana María llega a su lado y mira con ojos sorprendidos todo lo que le rodea.

Al tiempo oportuno

Alfonso da un hondo suspiro como para vencer la mala impresión que le causa todo y, tomando a Ana María del brazo, entran al interior de la pensión. Al ver el desolado aspecto de aquella sala toda sucia y descuidada, siente como un vuelco en el estómago. Le parece increíble lo que está viendo. Venciendo un poco su recelo, se decide a caminar hasta el mostrador que está ubicado en el otro extremo de la sala, pero cuando intenta dirigirse hacia allí, le detiene una voz áspera a sus espaldas.

–¿Qué andan buscando?

Se dan vuelta y se encuentran ante la mirada fría de una mujer que está parada al borde de una escalera de madera que se pierde en las habitaciones del primer piso.

Debido a la sorpresa recibida y a la poca luz del ambiente, Alfonso no puede ni hablar.

–Buscamos a Katy Drake, señora –se anima a decir Ana María.

La mujer los recorre de arriba abajo con la vista y luego, haciendo un gesto despectivo, contesta:

–Llegan a tiempo, ahora mismo iba a decirle que se marche. Espero que ya haya preparado las valijas.

–¿Las valijas? –pregunta Alfonso sorprendidísimo–. ¿Es que ella se iba?

–No se va porque ella quiera, jovencito –contesta la mujer con voz agria–, sino porque yo la echo. ¡Ya estoy harta! Me debe más de un mes de alquiler. Desde que llegó que anda buscando trabajo. Yo la esperé pensando que iba a conseguir algo, pero por lo visto nadie quiere a una ex delincuente en su negocio –se encoge de hombros y hace ademán de subir las escaleras, pero el brazo de Alfonso la detiene.

–Señora, por favor. Espere un momento. ¿Iba a buscar a Katy?

–¡Por supuesto! –la voz de la mujer se endurece–. ¿No me dijeron que querían verla?

–Sí –Alfonso ha perdido su indecisión–. Pero antes quiero que me diga cuánto le debe.

La mujer le recorre de arriba abajo con mirada sorprendida.

–¿Qué? ¿Piensa pagarme? –pregunta, por fin, ásperamente.

–Es lo que pensaba hacer.

–¡Mmmm!, ahora está mucho mejor. –El semblante agrio se suaviza y aparece una sonrisa maliciosa–. Son quince mil pesetas.

Alfonso saca su billetera.

–Aquí tiene veinte mil.

La mujer toma los billetes y los cuenta dos o tres veces.

–Y ahora, por favor, vaya y dígale a Katy que la esperamos.

La mujer asiente en silencio y sube las escaleras con rostro radiante.

Nuevos amigos

Katy, después de preparar sus valijas, se ha acostado boca arriba con las manos en la nuca y la mirada perdida en un punto indefinido del espacio. Aunque no quiere pensar en nada, continuamente se pregunta: "¿Qué será de mí ahora? ¿Adónde iré?"

¡No puede imaginar qué cerca está la contestación del Señor a todas sus oraciones!

Todavía se encuentra en esa misma posición, cuando doña Luisa golpea la puerta. Aunque ha estado esperando toda la tarde que viniera a buscarla, no puede evitar sentir cierto temor al ir a abrir la puerta. ¡Ha llegado la hora de abandonar la pensión!

Después de unos instantes de vacilación, se decide a abrir y, antes que doña Luisa hable, murmura:

–No hace falta que me diga nada, señora. Ya tengo todo listo. Enseguida me voy.

–Si es por mí, puedes quedarte –doña Luisa usa una voz despectiva–. Ya me han pagado lo que me debías. Y algunos días más.

Katy la mira sorprendidísima.

–¡¿Cómo?! –cree que ha oído mal.

–Sí, no te asombres tanto, muchacha; me acaban de pagar tu pensión.

Katy está tan asombrada, tan sorprendida, que no puede pronunciar una sola palabra. Siente que los ojos se le llenan de lágrimas. El corazón en el pecho le late aceleradamente. Mira una y otra vez a doña Luisa como esperando que ella le diga algo en especial.

–Pero ¿es cierto? –balbucea confundida.

–¡Por supuesto! ¿Por qué te habría de mentir? –doña Luisa, a pesar suyo, también se ha emocionado y suaviza la voz–: ¿Acaso no confiabas tanto en tu "Señor"? Bueno, parece que al final voy a tener que creer en todo lo que me has dicho.

Katy siente un agradecimiento tan grande que eleva sus ojos llenos de lágrimas al cielo.

–¡Gracias, Dios mío! –murmura conmovida–. ¡Gracias por haber ayudado mi incredulidad!

Siente un gozo indecible, le parece que ahora, más que nunca, el Señor está cerca de ella, que lo ha estado siempre, aún en los momentos más ingratos que le ha tocado vivir. "Él ha querido probar mi fe". Pero ahora, cuando todas las puertas parecían haberse cerrado para ella, Dios ha venido en su ayuda. Recuerda agradecida las palabras de su padre: "Aún cuando veas solamente oscuridad a tu alrededor, sigue confiando en el Señor, que Él nunca abandona a sus hijos y les manda su oportuno socorro". ¡Ahora puede comprobar cuán ciertas son esas palabras!

–¿No vas a bajar? ¡Te están esperando!

La voz de doña Luisa la vuelve a la realidad.

–¡Oh, sí! ¡Dígales que me cambio, y bajo!

La mujer sale, cerrando muy despacio la puerta. Cuando baja las escaleras, su rostro ha cambiado por completo; se la ve pensativa y preocupada.

Alfonso y Ana María la esperan todavía parados al borde de una mesa.

–¿Y Katy? –el joven va a su encuentro.

–Ya baja –doña Luisa se disculpa y se aleja para continuar con sus tareas.

El salón, poco a poco, se va llenando de jóvenes que comienzan a sentarse en distintas mesas.

Alfonso mira con insistencia hacia la escalera, y Ana María, que le observa, sonríe comprensiva.

De repente, entre la penumbra de la sala, aparece Katy bajando las escaleras. Al ver a Ana María, corre hacia ella y, abrazándola, exclama:

–¡Any! ¡Qué alegría verte! ¡No puedes imaginar qué oportunamente has llegado!

La muchacha carraspea para ahogar un nudo de emoción en su garganta.

–No he sido yo la que pagué tu pensión, Katy –Ana María se halla tan conmovida por el encuentro que apenas puede balbucear–: Fue él –y señala a Alfonso.

Katy gira hacia el joven y, en una actitud llena de gracia y humildad, le da las gracias por su delicadeza. Al levantar la mirada, se encuentra con unos ojos grises que la miran con dulzura. –Quiero llevarla de vuelta a la otra pensión.

Katy levanta la vista, confundida.

–Pero… Yo no… –dos lágrimas se deslizan por su rostro.

Alfonso, al ver aquella mirada llena de agradecimiento, siente deseos de tomarla entre sus brazos para infundirle confianza y protección, pero venciendo ese sentimiento prematuro y poco razonable para con una desconocida, se disculpa y sube las escaleras casi corriendo.

Katy queda parada, incapaz de hacer ningún movimiento. Le parece que todo lo que ocurre es un sueño, que no le sucede a ella.

De repente siente que una mano se posa en su hombro, y se da vuelta, sobresaltada.

–¡Oh, Any! ¡Me había olvidado que estabas! –se disculpa, confundida–. Pero ¿sabes que me pasa? No puedo recordar quién es ese joven. Me parece haberlo visto en alguna parte, pero no recuerdo dónde ¿Tú lo conoces bien?

–¡Claro! ¡Cómo no lo voy a conocer! Es Alf… –Ana María se detiene acordándose de pronto de la recomendación de su amigo y se apresura a rectificar –Es Marcos Albornoz; yo te lo presenté un día a la salida de la Facultad.

–¡Ahora recuerdo! Te aseguro que me daba vergüenza decirle que no sabía quién era. Él parece acordarse tan bien de mí.

Ana María carraspea maliciosamente, pero Katy ni siquiera advierte la indirecta, porque se halla sumida en sus pensamientos.

En ese momento Marcos (o Alfonso) llega hasta donde ellas se encuentran, con las valijas en sus manos.

–Bueno, ¿vamos? –se dirige hacia la puerta y, haciendo una leve inclinación, invita a salir a las jóvenes.

Suben todos al auto y se dirigen hasta la otra pensión.

Una vez que Katy está de nuevo instalada en su habitación, vuelve a la gran sala de entrada, donde quedaron conversando Marcos, Ana María y Mag.

–¿Ya te instalaste? –pregunta con cariño esta última–. ¡No te imaginas la alegría que tenemos de tenerte de nuevo con nosotros!

Katy agradece, pero está tan emocionada de volver a encontrarse en aquel lugar que fue su hogar por más de tres años, que casi no puede hablar. Los demás jóvenes, comprendiendo su estado de ánimo, tratan de charlar de cualquier tema hasta que consiguen que se reponga de su emoción.

Cuando ya está más calmada, Katy se dirige a Marcos:

–¡Nunca terminaré de agradecerle bastante lo que ha hecho por mí! Pero me he enterado que también ha pagado un mes en esta pensión. ¡Y eso ya es demasiado!

–¡Por favor, Katy! ¡No me lo agradezca! –Marcos la mira directamente a los ojos–. El agradecido tengo que ser yo, porque de esta manera he podido acercarme a usted.

Katy baja la vista, turbadísima ante aquella mirada.

Ana María, que se ha dado cuenta del embarazoso momento que está pasando su amiga, interviene:

–Bueno, Marcos, ¿qué te parece si llevamos a Katy a dar un paseo?

El joven asiente y, después de saludar a Mag, se retiran.

Una vez que se han instalado en el auto, el muchacho pregunta en tono de broma:

–¿Adónde las llevo, señoritas?

–No sé, que decida Katy.

–¡Oh, no, por favor! –se disculpa ella, turbada–. A dónde ustedes quieran.

–Ya lo ha oído, caballero. –Ana María utiliza el mismo tono del joven–. Las damas le damos el privilegio de elegir.

–¡Perfecto! Después no se vayan a arrepentir –Marcos ríe mientras pone en marcha el vehículo, y acelerando a fondo, suelta los frenos de golpe, de modo que las muchachas pierden el equilibrio.

Katy, que a pedido de Ana María se ha sentado al lado de Marcos, se toma instintivamente de él, mientras su compañera exclama:

–¡Bárbaro! ¿Quieres que vayamos a parar al cementerio?

Marcos, se divierte ante el susto de las muchachas, suelta una carcajada. Recién entonces Katy se da cuenta que se ha tomado del brazo del muchacho, y de pronto lo suelta, mientras sus mejillas se cubren de rubor. El joven, que la observa por el espejo retrovisor, deja de reír comprendiendo que ella se encuentra muy turbada.

Al momento ya se hallan charlando animadamente, olvidando por completo el incidente.

5

UN DESCUBRIMIENTO
INUSITADO

Los tres jóvenes conversan alegremente mientras se dirigen en auto por las calles de la ciudad en dirección a una pequeña colina en las afueras. Transitan por una gran avenida hasta llegar a un amplio parque. Marcos invita a las jóvenes a tomar algo fresco y se dirigen hacia un grupo de mesitas con sus respectivas sillas, que se hallan ubicadas a la orilla de una fuente, en una pista de mosaicos, en la avenida Montjuich.

Mientras van caminando, Ana María exclama de repente:

–¡Mira, Marcos, quién viene por allí!

El joven dirige su atención hacia donde ella indica.

–¡Vaya, qué casualidad! ¡Nada menos que Juan José Ezquerra! –se acerca a Ana María y le murmura al oído–. Es tu oportunidad, no la desaproveches.

La joven asiente en silencio y se dirige decidida al encuentro del muchacho, mientras intercambia una mirada de complicidad con su amigo.

Marcos los ve alejarse caminando despacio. Como ya han llegado hasta el bar, muy galante, retira una silla para que se siente Katy y luego se ubica él a un costado, para no molestar la hermosa vista de la ciudad que se observa desde allí.

La joven se extasía contemplando todo el paisaje a su alrededor. Es ya de noche y la ciudad se encuentra totalmente iluminada por las luces y carteles. Se siente muy a gusto allí, acariciada por la suave brisa de esa hermosa noche de verano. Y por primera vez, después de mucho tiempo, vuelve a sentirse feliz, con una nueva alegría en todo su ser. Intuye que desde ese día todo va a cambiar para ella.

Mientras tanto, Marcos, sin que Katy lo note, la contempla extasiado. ¡En ese momento está más hermosa que nunca! Hay tal pureza en sus mejillas sonrosadas y tanta inocencia en su semblante, que no puede mirarla sin sentir por ella un cariño dulce y profundo.

En ese momento llega el mozo y, después que Marcos le pide unas gaseosas, se aleja en dirección al bar.

El problema de Ana María

Katy le mira con evidente curiosidad.

–¿Quién es ese joven que se fue con Ana María? ¿Acaso algún pretendiente?

–Sí. Se llama Juan José Ezquerra. Es un muchacho muy bueno, pero ella no lo quiere –y al ver que Katy le mira con cierto asombro, le explica en pocas palabras lo que ha planeado con Ana María para ayudarle en sus relaciones con Ricardo–. ¿No le parece que hice bien? –le pregunta extrañado ante el gesto de ella.

–Bueno. Puede ser que usted tenga razón. Pero también está la posibilidad que Ricardo la vea sólo como una hermana. Usted mismo lo admitió. No olvide que él es un joven muy rico y pertenece a una familia de gran abolengo. Los Gardiábal son, en esta región de España, algo así como una dinastía –se encoge de hombros–, y Ana María es tan sólo la nieta de su jardinero. Aunque no lo parezca, hay una gran diferencia entre ambos.

–Yo no pienso lo mismo. Ricardo es un muchacho como cualquier otro. Un poco alocado, nada más.

–Puede ser. Pero, por lo que pude observar de su comportamiento en la Facultad, creo que tiene muy en cuenta quién es –en ese momento llega el mozo y sirve las bebidas. La joven queda un momento en silencio y luego, esbozando una sonrisa, agrega–: Perdone mi curiosidad, Marcos. Pero desde que ha comenzado a hablar de Ana María y Ricardo, me intriga la familiaridad con que habla de ellos. Se ve que los conoce mucho ¿Es usted pariente de alguno?

Marcos no contesta enseguida, parece que reflexiona. Pero no es así. Trata de hallar una respuesta adecuada. No quiere decirle quién es en realidad. Después de oírla hablar de Ricardo y cómo se ha referido a los Gardiábal, piensa que si ahora le dice que es el hijo mayor de la familia, ella va a perder toda la confianza en él. Desea que lo conozca bien antes de formarse un juicio equivocado, pero a la vez se da cuenta que debe darle alguna respuesta satisfactoria. Levanta la mirada y se encuentra con los ojos de Katy que lo miran interrogantes.

La mentira de Marcos

–No soy pariente de ninguno de los dos –dice bastante turbado–, pero he crecido junto a ellos. Soy el hijo de… ¡la cocinera de los Gardiábal! –mira nuevamente a Katy, temeroso de que ella se dé cuenta de la verdad, pero al ver que continúa sonriéndole, prosigue decidido en su mentira–. Mi madre se llama Julia, es muy buena. Pero como es viuda y no tenía suficientes recursos para mantenerme, doña Margarita me crió y pagó mis estudios.

–Comprendo. Igual que a Ana María.

Al oír esto, Marcos suspira aliviado. ¡Ha logrado engañarla!

–Sí –continúa en su mentira–. Los Gardiábal son muy buenos, especialmente doña Margarita nos ha ayudado mucho. Ahora, para retribuirles en parte todo lo que han hecho por mí, estoy trabajando en una de las fábricas que don Alfonso tiene en la ciudad.

–Me parece lo más justo.

Marcos se da cuenta de que la muchacha ha quedado conforme con la explicación que le ha dado. Esto le alivia un poco, pero a la vez le incomoda. Al ver la expresión tan pura de sus hermosos ojos claros, se arrepiente de haberla engañado. "Ella no lo merece".

Katy se siente enternecida al verle tan serio, y pensando que él está avergonzado por su humilde condición, se atreve a animarle.

–A mí me resulta más fácil y agradable tratar con alguien como usted. Cuando tengo que conversar con personas muy adineradas o de gran posición social, me siento incómoda y a veces no sé ni qué decir.

Cuando escucha esto, Marcos respira aliviado. Desecha por completo todas las inhibiciones. Ahora lo único que le resta es cuidarse de no delatar su verdadera identidad.

–Bueno –Marcos recobra toda la seguridad de sí mismo–, ¿qué le parece si vamos por el paseo de la Barceloneta hasta el faro? A esta hora debe estar hermoso.

–¡Oh, sí, me encantaría!

Marcos coloca un billete sobre la mesa, se instalan en el vehículo y echan a andar en dirección al paseo mencionado.

Es una noche deliciosa; una brisa muy cálida mece suavemente la arboleda del paseo.

Más confidencias de Katy

Bajan del auto y, mientras van andando por el paseo del faro, que se adentra en el mar. Katy, de repente, se separa de Marcos y va a sentarse en la barandilla que se eleva sobre las rocas del rompeolas y le hace seña para que se siente a su lado. El joven, muy extrañado, le pregunta:

–¿Se siente cansada, Katy? ¿Quiere que volvamos al auto? –su voz suena cálida y profunda.

La joven eleva sus ojos y sonríe.

–No, Marcos, no estoy cansada. Perdone mi actitud, pero al ver el rompeolas, me pareció que volvía a ser niña, y sentí la necesidad de venir a sentarme en él –Katy desvía la mirada un momento y su sonrisa se hace pensativa–. Cuando era pequeña, mi padre me traía siempre hasta aquí –y sin notar la extrañeza en el rostro de Marcos, prosigue–. Recuerdo que él prefería sentarse en esta barandilla a mirar los pescadores de caña.

El joven la mira muy sorprendido.

–¿Usted ha estado de pequeña en España?

–¡Por supuesto! Aquí nací. Recién a los seis años me llevaron a Argentina.

Marcos siente la necesidad de saber más de su pasado, de su vida.

–¿Por qué no me cuenta su infancia, Katy? –le ofrece una mano para ayudarla a levantarse.

Katy mira su pequeña mano oprimida suavemente por la del joven, tan firme, y, por primera vez, desde hace mucho tiempo, se siente protegida. Una vez que se halla bien parada, comienza a caminar otra vez por el sendero empedrado.

–En realidad, mi vida no es muy complicada: A los dos años murió mi madre y quedé al cuidado de una vecina, en los momentos en que mi padre tenía que trabajar. A los seis años trasladan a mi padre a la Argentina y allí me colocó como pupila en un colegio. Todos los días, a la salida del trabajo pasaba a retirarme –sonríe al recordar–. En el colegio todos eran muy buenos conmigo, pero yo esperaba con ansiedad la hora de salida para irme con mi padre. ¡Era tan bueno y cariñoso conmigo! Siempre me sentaba sobre sus rodillas y con infinita ternura me contaba casi toda la vida de los siervos de Dios. Yo los podía leer en la Biblia, pero prefería que él me las contara, porque al final de cada relato me daba un consejo. ¡Y eso era lo que yo más esperaba!

Marcos la contempla en silencio y, de pronto, como si cayera en cuenta de algo, exclama.

–¡Qué extraño lo que acaba de decir! Yo siempre pensé que la Biblia sería un libro aburrido, que solamente los grandes teólogos entendían.

–¡Oh, no, Marcos! La Biblia es el libro más maravilloso de la Tierra –se ilumina por completo su semblante–. En ella, cada ser encuentra lo que necesita para su alma. Sus palabras dan sosiego, consuelo y paz.

Katy pone un entusiasmo lleno de vibraciones en lo que dice y el joven la contempla con suma atención, observando cómo sus labios se entreabren en una dulce sonrisa, casi celestial. Y, sin saber por qué, siente nostalgia, mucha nostalgia, de algo que intuye que posee esa joven y que él no tiene.

–Dígame Katy. ¿Usted lee siempre la Biblia?

–Siempre –Marcos hace un gesto de extrañeza–, y le aseguro que si no fuera por ese maravilloso libro, no sé qué hubiera sido de mí en todos estos años… ¡Ohhh!

Esa expresión se debe a que han llegado al redondel del faro y ante sus ojos aparece un paisaje sobrecogedor. Katy, con asombro, mira extasiada un mar azul, de aguas muy serenas, en las afueras ya de aquel paseo iluminado con faroles y luces de colores. Siente que algo sublime y puro invade su alma. La luna, como queriendo identificarse con su felicidad, luce feliz y despreocupada, entreteniéndose en dibujar sobre las apacibles aguas del mar arabescos de colores. Al fondo, sobre unas rocas, un trío de guitarras interpreta una dulce melodía que, debido a la tranquilidad del lugar, suena amplificada, como si todo formara una gran caja de música.

Marcos la contempla detenidamente en silencio por un buen rato.

–¿Nunca había visto antes el mar?

–¡Oh, sí! –murmura ella extasiada–. Pero nunca vine aquí de noche. Con estas luces parece mucho más bonito –su cara brilla con los reflejos de una emoción muy tierna–. ¡Es todo tan hermoso!

Marcos la mira con dulzura y comienza a caminar bordeando el mar. Después de un prolongado silencio, el joven le pregunta:

–¿Qué edad tenía cuando falleció su padre?

La pregunta de Marcos la vuelve a la realidad.

–Diez años.

–¿Nada más? –el rostro de Katy se ensombrece un poco–. Perdóneme por recordarle momentos tristes. No era mi intención.

Descubrimiento de su mejor secreto

–¡Oh! No se aflija –lo interrumpe Katy con ternura–. No crea que me hace daño recordar todo mi pasado –su rostro se ilumina apenas y en sus labios aparece una pálida sonrisa–. Cuando quedé huérfana, le pedí a Dios que guiara todos mis caminos. Que Él me condujera por donde considerase mejor. ¡Soy feliz al pensar en las maravillas que el Señor ha hecho en mi vida!

Marcos se queda por unos instantes perplejo y la contempla con mayor atención.

–¿Cómo puede decir que todo lo que le ha sucedido fue la voluntad de Dios? ¿Acaso que fuera a la cárcel injustamente también ha sido Su voluntad?

Como si estuviera con un niño, Katy se siente enternecida y lo envuelve con una sonrisa.

–A usted todo esto le resulta muy extraño porque no tiene al Señor en su corazón. Pero, en cambio, yo me siento feliz de que Dios me haya hecho pasar por algunas pruebas –Marcos la sigue mirando sin comprender–: ¿Usted conoce la historia de José, el hijo de Jacob? –el joven asiente en silencio–. Bueno, él había sido, primero, vendido por sus propios hermanos, y luego, encarcelado injustamente por un motivo parecido al mío; y, sin embargo, aún en la cárcel seguía confiando en Dios y le alababa continuamente. Y ya ve qué gran bendición trajo a su pueblo por haber sido sumiso y aceptado todo lo que Dios le mandó, aunque le pareciera injusto.

Marcos levanta la mirada y la posa en el rostro de la joven.

–¿Así que usted piensa que todo lo que le ha sucedido ha sido la voluntad de Dios?

Katy afirma sonriente. Marcos permanece muy quieto, observándola.

–Yo lo único que le pido al Señor es que mi vida sirva para que alguien más le conozca y le reciba como Salvador. Sería muy feliz con sólo saber que alguien de todos los que me conocieron llegue a obtener el perdón de sus pecados y la salvación de su alma –Katy queda callada, con la mirada perdida en la apacibles aguas del mar, mientras Marcos la sigue observando. En su mente se agolpan todas las palabras que ha escuchado. Es la primera vez que oye a alguien hablar así de Dios y presiente que debe ser hermoso poseer aquella fe, porque a pesar de haber pasado momentos tan ingratos, se da cuenta de que ella es realmente feliz.

Mientras tanto, Katy, suponiendo la clase de pensamientos del joven, ora fervorosamente para que el Señor ayude su incredulidad. Siente que él, en aquel instante, tiene una lucha muy grande en su interior y desea ayudarle a creer, pero cuando va a hablar, se ve interrumpida por la pregunta de Marcos.

—Dígame, Katy ¿usted vivía cerca de aquí?

—A unas cuantas cuadras al sur —ella le contempla extrañada—. ¿Por qué me lo pregunta?

—No lo sé —Marcos se halla con las manos caídas a lo largo de su cuerpo y la mirada fija y quieta en la muchacha—. De repente sentí la necesidad de saber dónde vivió ¿Se acuerda del lugar exacto donde está la casa de su padre?

—Creo que sí —responde Katy no muy segura—. Desde que volví a España no he vuelto nunca allí. Pero ahora que he recorrido estos lugares tan familiares de mi infancia, creo que podría hallar mi antigua casa sin dificultad.

—¿Quiere que vayamos a verla?

El semblante de Katy se ilumina.

—¡Oh, sí! ¡Me encantaría!

Descienden la colina por los paseos de Montjuich hasta el Paseo del Paralelo.

Marcos conduce por donde le indica la joven, que va observando detenidamente los edificios; la mayoría están reformados y modernizados. De repente, muy excitada, exclama:

—¡Es aquí! ¡Estoy segura! —señala una casa con una gran puerta.

Marcos estaciona el auto en la vereda del frente y se apresura en dar la vuelta para ayudarla a bajar. Atraviesan la calle uno junto al otro y se detienen al llegar a la puerta. Katy se queda mirando cada detalle del edificio

—¡Nada ha cambiado! —murmura emocionada.

Marcos, con las manos en los bolsillos, contempla aquella casa.

De pronto llega hasta los oídos de los jóvenes una música muy suave que proviene del interior y al instante se oye un grupo de voces que cantan:

¡Cuán tiernamente el Señor nos convida!
¡Llama a ti y a mí!
Él nos espera con brazos abiertos.
¡Llama a ti y a mí!
Venid, venid: si estáis cansados, venid.
¡Cuán tiernamente Jesús os invita!
¡Oh pecadores, venid!

Marcos se siente conmovido ante esa melodía, totalmente desconocida para él. Está muy quieto escuchándola, hasta que oye a su lado a Katy que murmura.

–¡Gracias, Dios mío, por haber escuchado las oraciones de mi padre!

Gira un poco la cabeza y encuentra a la joven mirando hacia el cielo, con el rostro bañado en lágrimas. Se le aproxima conmovido y, tomando las manos de la joven entre las suyas, las acaricia tiernamente, como si deseara consolarla, dándole a entender que quiere ayudarla. Luego, sacando un pañuelo, le seca las lágrimas. Katy baja el rostro y sonríe agradecida.

–Por favor, Marcos. Entremos –suplica, con voz entrecortada.

El joven asiente en silencio y, tomándola con ternura del brazo, cruzan el portal.

Cuando entran en el salón, ya han terminado de cantar. Un señor en la plataforma está orando. Todo el ambiente es de gran solemnidad. Katy se sienta silenciosamente en un banco vacío, al fondo del salón, e invita al joven que la imite. Desde lo más íntimo de su ser da gracias al Señor por haberle permitido ver el fruto de las oraciones de su padre. Esto le da nuevas fuerzas para seguir adelante orando sin cesar por todas aquellas personas que han pasado por su vida. En esos momentos viene a su mente el recuerdo de Hugo Ruiz, aquel muchacho que le causó tanto daño, y pide nuevamente al Señor que todo lo que ella le ha hablado, no sea en vano y, aunque no llegue a saberlo nunca, ruega a Dios que le salve y limpie todos sus pecados.

Al ver que Marcos permanece muy quieto escuchando cada palabra del predicador, ora con mucho fervor para que Dios toque su corazón. Siente un especial agradecimiento hacia él por todo lo que la ha ayudado, y eso provoca que abogue a su favor.

Marcos, de vez en cuando mira de soslayo a su compañera. Es evidente que está muy emocionada, porque a cada instante la ve secar las lágrimas que corren por sus mejillas.

Así transcurre toda la reunión. Ya cuando todos se levantan para regresar a sus hogares, el predicador se acerca a Katy.

—Buenas noches, señorita —le dice muy cordialmente—. ¿La puedo ayudar en algo?

—Gracias, señor. Le aseguro que no necesito nada.

—Me parece no haberla visto antes por aquí. ¿Es la primera vez que viene? —pregunta deseoso de entablar una conversación.

—Sí. Desde que volví a España es la primera vez que vengo. Aunque de pequeña he vivido en esta casa.

El hombre queda por unos instantes perplejo y la contempla con mayor atención.

—Me llamo Katy Drake —aclara la joven con una dulce sonrisa—. Mi padre era el dueño de esta casa.

—¿Katy Drake? ¡La hija de don Enrique! —exclama con gran júbilo el hombre, mirándola una y otra vez asombradísimo—. ¡Qué alegría poder conocerla! —y, sin poder contenerse, abraza y besa a la joven, que llora emocionada.

Don Justo (así se llama el predicador) la mira largo rato sin poder hablar por la emoción. Luego murmura con voz ronca:

—Mi señora conoció al Señor por el testimonio de su padre. Él siempre le hablaba de la salvación, y antes de irse a la Argentina, cuando le compró la casa, don Enrique le regaló un Nuevo Testamento y por medio de él llegó a conocer a su Salvador –toma a Katy por los hombros y la mira con los ojos nublados–. ¡Carmen se alegrará tanto de volver a verla!

Katy se halla tan emocionada que casi no puede hablar; luego, entre lágrimas y risas, comenta.

–Mi padre oraba mucho por doña Carmen –se seca un poco las lágrimas y traga saliva para poder seguir hablando–. Pero lo que más pedía al Señor era que su casa aquí en España llegase a ser un testimonio para su gloria y su honra –queda un momento en silencio. Elevando un poco la vista, se quebranta su voz por la emoción–. No sé si desde allá arriba podrá ver que sus oraciones han sido contestadas.

–Seguramente que sí –interviene don Justo–. El Señor ya se habrá encargado de premiar sus oraciones y le aseguro que en estos momentos tendrá gran gozo de saber que su hija ha seguido sus pisadas.

Se ha reunido un grupo numeroso de personas en torno a Katy que escuchan emocionados su conversación. Aunque no conocen a esa muchacha, cada uno siente que es una fiel creyente. Como la mayoría ha escuchado del testimonio de su padre, de labios de doña Carmen, quieren saber cómo falleció, dónde, etc. De manera que Katy se ve obligada a contestar toda clase de preguntas.

Así, poco a poco, se van secando las lágrimas de su rostro.

–¿Vendrá mañana a nuestras reuniones? –pregunta por fin don Justo después de un buen rato de charla.

–¡Oh, sí! ¡Por supuesto! Ahora que he conocido donde se reúnen en el nombre del Señor, vendré siempre –y luego, como si cayera en cuenta de algo, pregunta–: ¿Y doña Carmen dónde está?

–Ella vendrá esta noche. Ha ido a una reunión en la zona de la costa con otra familia. Mañana estará con nosotros, y si usted viene, le aseguro que se alegrará muchísimo de volver a verla.

–Vendré, no lo dude.

–¡Ella siempre se acuerda de usted! –don Justo mira a la muchacha de arriba abajo y sonríe–. ¡Claro que la recuerda como una niña de seis años, así de pequeña! –señala con la mano a la altura de la rodilla–. ¡Ni se imagina la hermosa muchacha que es!

Katy se ruboriza un poco y todos ríen con alegría. En ese momento recién advierte la presencia de Marcos, que ha permanecido silencioso a su lado todo el tiempo.

–Perdone usted –se disculpa confundida.

–No se preocupe –la interrumpe Marcos con dulzura–. Le confieso que han sido momentos muy gratos también para mí.

Katy mira su reloj y exclama.

–¡Uy, qué tarde se ha hecho! ¡La señora de la pensión casi seguro que ya ha cerrado y se enojará de tener que levantarse para abrirme!

–La acerco en el coche –dice Marcos muy galante.

Saludan a todos y se retiran.

6

DOÑA MARGARITA SE ENTERA

Después de dejar a Katy en la pensión, Marcos llega a su hogar y va directamente hasta el salón particular de su madre, que sabe le ha de estar esperando. La besa con cariño y luego, acercando una butaca, se deja caer indolentemente en ella.

Doña Margarita advierte al instante la preocupación de su rostro.

–¿Qué ocurre, Alfonso?

Marcos se sorprende un poco al oírse llamar de ese modo, pero luego sonríe y queda callado mirando el piso alfombrado. Doña Margarita, al no obtener respuesta, acaricia su cabello mientras le habla con voy muy dulce.

–Siempre me has contado todo lo que te sucede. ¿Qué pasa ahora? ¿Acaso me has perdido la confianza?

Alfonso alcanza la mano que ahora acaricia sus cabellos y besa uno a uno los dedos rosados.

—Bien sabes que eso es imposible, mamá. En ti he hallado siempre la mayor comprensión. Has sido para mí, además de madre, mi mejor amiga, la más sincera, indulgente y cariñosa que haya podido encontrar.

Doña Margarita sonríe halagada ante las palabras de su hijo, y éste, después de vacilar unos instantes, le cuenta todo lo sucedido esa tarde, con lujo de detalles, hasta el relato de la infancia de Katy. A esta altura se detiene pensativo y por unos instantes se mantiene sin hablar, como reflexionando. Cuando lo hace, su voz tiene cierta entonación ausente.

—¿Sabes, mamá? Lo que más me impactó de Katy es que a pesar de haber sufrido tanto, no es una chica amargada. ¡Al contrario! ¡Es verdaderamente feliz! —su madre lo mira extrañada—. Por lo que he observado toda la tarde, ella debe tener algo superior que la hace sentir así. ¡Y me imagino que debe ser hermoso poseer su misma fe! —Alfonso da un profundo suspiro y, levantándose, se dirige a la ventana que se halla en el otro extremo de la habitación. Apoya la frente en el cristal y mira con ojos vagos hacia afuera. Está muy pensativo y de vez en cuando exhala algún suspiro. Doña Margarita le observa en silencio y luego se levanta y va hasta él.

—Veo que esa muchacha te ha trastornado bastante. ¿Es muy bonita?

Alfonso, como tomado en una falta, se sobresalta un poco.

—Sí, es muy bonita. Pero no es su rostro lo más hermoso, sino la pureza de su alma. La expresión de sus hermosos ojos claros es tan penetrante, tan dulce, que conmueve profundamente —Alfonso sigue hablando un buen rato de las emociones y sentimientos que Katy ha despertado en él. Su madre le escucha con atención, notando la disimulada vibración admirativa en la voz del joven. Sonríe comprensiva ante sus calurosas palabras a favor de Katy—. ¡Es tan pura e inocente que cada vez que le decía alguna frase alabando su belleza se ruborizaba hasta la raíz de sus cabellos! –Alfonso enlaza la cintura de su madre y la lleva hasta una butaca de terciopelo–. Pero hay algo que quiero confesarte, mamá. Katy no sabe que soy tu hijo.

–¡Mmmm! Ya comprendo. No quisiste decirle que eras un Gardiábal, ¿verdad?

–No, mamá. A ella menos que a nadie.

Doña Margarita está a punto de reprocharle, pero se contiene y menea la cabeza.

–¿Y quién le dijiste que eras, entonces?

–El hijo de doña Julia, tu cocinera –aclara el joven sonriente.

–¡Hijo! –la madre no puede evitar una sonrisa ante la ocurrencia de Alfonso–. ¿No te parece que fuiste demasiado lejos?

–Tal vez sí, mamá –se encoge de hombros sonriente–. Pero me lo preguntó tan de golpe que no supe qué contestarle. Entonces recurrí al primer nombre que me salió. ¡Y fue el de doña Julia!

Doña Margarita contempla sonriente a su hijo, mientras mueve la cabeza. Ella admira la nobleza y humildad de Alfonso, pero no comprende muy bien su manera de pensar. De todas maneras, siempre termina por consentir todo lo que él hace.

–¿Sabes algo más, mamá? Esta noche he asistido a una reunión protestante.

–¡Hijo! –se sorprende la madre–. ¿Acaso no sabes que no está bien visto ir a esa clase de reuniones?

–Sí, mamá, lo sé –afirma Alfonso–, pero no lo pude evitar. Cuando fuimos con Katy a conocer la casa de su infancia, ella me pidió que entráramos. Como yo la vi tan emocionada, tan dichosa, no pude rehusarme. Y recién cuando estuve adentro me di cuenta que era una reunión protestante –mira seriamente a su madre–. Y te puedo asegurar que no me arrepiento de haber estado.

–¿Por qué dices eso, hijo?

–Porque por primera vez en mi vida he sentido la presencia de Dios en algún lugar. Tanto Katy como toda esa gente que estuvo en la reunión tienen a Dios como guía de toda su vida, por eso no les preocupa lo que les pueda pasar –Alfonso se muestra un poco agitado–. Esta noche he comprobado que los protestantes son gente sencilla, pero con una fe admirable.

Doña Margarita queda asombrada.

–No sé qué decirte, hijo. Yo creía que esa gente era de lo peor, como dicen todos, que blasfemaban a Dios y…

Aparece Ricardo

De pronto se abre la puerta y la figura de Ricardo se perfila en la entrada. En dos zancadas cruza la habitación y se para delante de Alfonso.

–¿Viste a Ana María esta tarde en el parque? –le grita.

Su hermano, que ha sido tomado por sorpresa, no puede interpretar bien lo que le pregunta.

–¿Qué dices?

Ricardo repite con impaciencia.

–Te pregunto si viste a Ana María en el parque de Montjuich.

–Sí… –contesta muy extrañado su hermano.

–Que la hayas visto, no tiene nada de particular, bien lo sabes –Ricardo echa chispas por los ojos–, pero que fuera en compañía de ese "ganso" de Juan José Ezquerra, es algo muy distinto. Seguramente fuiste tú quien la acompañaste al parque y la dejaste en sus manos, pues ella no es muchacha de dar cita a un desvergonzado como ese.

En ese momento Alfonso se da cuenta de dónde proviene el enojo de Ricardo y, sin contestarle, ríe.

Doña Margarita se da cuenta que Ricardo está verdaderamente irritado, y como Alfonso sigue riendo, se decide a intervenir antes que comience una rencilla entre hermanos.

—Pero ¡Ricardo! —su tono suena reconciliador—. ¿Qué tiene de particular que Ana María salga con Juan José? Vuestro padre siempre me dice que es uno de los mejores empleados de su fábrica. No tiene ninguna queja de él. Además, todos los comentarios que he escuchado acerca de ese muchacho son por completo halagadores, tanto sobre su persona como por su comportamiento; así que no me explico por qué armas tanto alboroto porque salga con Ana María.

Ricardo, un poco más calmado, arruga la frente y queda callado. Su madre siempre tuvo la habilidad de encontrar las palabras que más le molestan. Alfonso y doña Margarita intercambian una mirada de complicidad y sonríen. Ellos saben perfectamente a qué se debe su enfado. Aunque él todavía no se dé cuenta, lo que ha sentido son celos, terribles celos, de ver a Ana María acompañada por otro muchacho.

—Lo que pasa —vuelve a hablar Alfonso, convencido de que su táctica está dando resultados— es que sigues viendo a Ana María como la niña que ha crecido junto a nosotros, y no te das cuenta de que ya es toda una señorita; por tanto, no te debe extrañar que sea pretendida o festejada por algún muchacho.

—Eso no hace falta que me lo digas. Lo que me preocupa es que haya elegido a Juan José Ezquerra como compañero. ¡Ese no es muchacho para ella!

—Has terminado por intrigarme —Alfonso lo mira perplejo—. ¿Qué tiene de particular Juan José para que le odies de esa manera?

—Contra él en particular, nada —contesta bastante ofendido el hermano menor—. Pero sí contra todos los protestantes.

Tanto Alfonso como doña Margarita, al oír esta palabra, han quedado tan sorprendidos que no atinan ni siquiera a hablar.

—¿Es que acaso Juan José es protestante? —pregunta, por fin, Alfonso.

–¡Claro! ¿Acaso no lo sabías? –y creyendo que la sorpresa de Alfonso se debe a su noticia, prosigue con voz más segura–. ¿Te das cuenta por qué me disgusta que Ana María salga con él? Sé perfectamente que esa clase de gente termina convenciendo a los que llegan a oír de su religión; por eso temo por ella, que llegue a… –se detiene al darse cuenta que su hermano no le atiende, sino que está conversando animadamente con su madre. En ese momento le oye decir.

–Tú misma hace un momento acabas de ponderar a Juan José. Nuestro padre le alaba continuamente. Yo mismo estoy convencido de que es un excelente muchacho. Y ahora que Ricardo me ha dicho que es protestante, te aseguro que no me extraña nada que sea así.

–¿Qué estás diciendo? –Ricardo se encuentra en el colmo del asombro.

Ricardo se entera

–Mira, hermano –Alfonso se encuentra muy calmado–, hasta ayer, yo también pensaba como tú: Que los protestantes eran lo peor de nuestra nación, pero hoy, después de haber conocido mejor a esa gente, no puedo decir lo mismo.

–¿Y qué te ha hecho cambiar de opinión?

–El haber tratado a una joven protestante, y luego, por ella, a más gente de su religión.

Ricardo lo mira sin comprender; entonces Alfonso le relata en pocas palabras lo que antes le contó a su madre.

Cuando termina, todos quedan en silencio, pensativos.

–Me has dejado totalmente pasmado –murmura al fin el hermano más joven.

En ese momento se abre nuevamente la puerta y aparece en el umbral don Alfonso. Los hijos se apresuran a saludarle y, luego de charlar un rato, besan a su madre y se retiran.

KATY ENCUENTRA EMPLEO

Alfonso se dirige directamente a su cuarto. Aunque ya es más de medianoche, el calor no ha menguado y decide darse una zambullida en la piscina antes de acostarse a dormir.

Se cambia y en unos momentos se halla disfrutando del baño. Nada un buen rato y luego, sin secarse, se deja caer en una reposera, colocando sus pies sobre una mesita. Contempla distraído sus propios pies que la luna ilumina, y no puede evitar que su imaginación se escape hacia los gratos momentos que ha vivido aquella tarde. Reclina la cabeza hacia atrás y queda con la vista perdida en el infinito. Le parece ver el rostro de Katy por todos lados: en el cielo, en la luna y en cada una de las estrellas. Siente en su alma una sensación nueva, misteriosa, indefinida. "¿Estaré enamorado?", piensa distraído, y siente que su corazón le late más aceleradamente. Cierra los ojos y se queda meditando largo rato, sin saber en realidad en qué piensa en aquella cálida noche de julio.

Todavía se halla con los ojos cerrados, cuando siente que una mano le roza ligeramente el hombro. Abre los ojos sobresaltado y se incorpora bruscamente.

–¡Ah, eras tú! –suspira aliviado al ver a su hermano y se deja caer con lentitud.

–Sí. No podía dormir y vine a darme una zambullida. –Ricardo habla con un dejo de cansancio en la voz, mientras enciende un cigarrillo.

Alfonso lo mira fumar por unos instantes.

–¿No sabes de alguien que le pueda dar algún puesto a Katy?

Ricardo mira a su hermano a través del humo, y una sonrisa picaresca se dibuja en sus labios.

–¿Por qué no le pides a papá que la ocupe en sus oficinas? Tengo entendido que está por despedir a su nueva secretaria.

–Es que tengo miedo de que allí se entere que soy un Gardiábal. Y eso, por el momento, no lo deseo.

–¿Tú crees que si trabaja en la fábrica se va a enterar de que eres el hijo del dueño? –Ricardo sonríe ante lo que él considera una tontería de su hermano–. Pues yo te garantizo que Katy, en la fábrica, no se enterará jamás de quién eres. Con todas las recomendaciones que nos hiciste, estoy seguro de que allí nadie te relaciona con nosotros.

Alfonso suspira como si le hubiesen quitado un gran peso de encima.

–Entonces todo resulta más sencillo.

–¿Tú crees que Katy servirá como secretaria de papá? ¡Mira que hasta ahora todas las que ha tenido le han durado muy poco! Es demasiado exigente con esas chicas.

–Estoy seguro que papá no tendrá quejas de Katy –Alfonso tiene un nuevo brillo en los ojos–. Ha cursado todos los estudios necesarios para ese tipo de trabajo. Además sabe idiomas ¡Es una chica excepcional!

Ricardo observa a su hermano mientras habla, y una sonrisa traviesa aparece de nuevo en sus labios. Es la primera vez que le oye hablar de ese modo refiriéndose a una chica y no le es difícil deducir que ha quedado muy impresionado con Katy.

–Si quieres ayudarla, dile a papá que la tome.

–Quisiera que se lo pidieras tú.

–¿Y se puede saber por qué?

–Tú siempre le pides esa clase de favores y él te los concede sin ninguna réplica. Si voy yo a pedírselo, te aseguro que querrá entrar en averiguaciones y no quiero ponerme a darle explicaciones, porque al final terminará regañándome por lo que hice.

–Lo que papá no comprende de ti es que prefieras pasar por un desconocido, antes de hacerte valer por lo que…

–Bueno, no empecemos ahora con lo de siempre –le interrumpe, algo fastidioso Alfonso–. Lo que quiero saber ahora es si le pedirás a papá que le dé ese puesto a Katy.

–Si tú lo quieres, lo haré. Pero te prevengo que él creerá que tengo algo que ver con ella.

–Como siempre.

–Bien sabes que a él le agrada que sea así. Dice que me parezco a él. ¡Y con lo bonita que es Katy! –el hermano menor hace un gesto con los ojos.

–Ricardo –le advierte su hermano en tono de reproche –, no quiero que veas a Katy como a una próxima aventura. Ella no es chica para eso.

–Ya lo sé, no te preocupes –Ricardo sonríe con picardía al ver el disgusto de Alfonso y prosigue con filosofía–. Sé distinguir muy bien entre las que se prestan a una aventura y las que no.

–Me alegro que sepas razonar.

El éxito de una estratagema

En ese momento aparece Ana María por uno de los senderos de piedra que provienen del jardín.

–¡Hola! –saluda con la mano en alto–. Estaba en casa sin poder dormir, cuando vi que estaba encendida la luz de la piscina, y pensando que estaban ustedes, vine a hacerles compañía ¿Molesto?

–De ninguna manera –contesta Alfonso con mucha cordialidad.

Ricardo la mira con gesto de disgusto.

–¿Para qué lo quieres saber, si ya estás aquí? –le pregunta de mal modo–. ¡Te felicito por tu compañero de esta tarde! –con ese comentario se tira al agua, nada bajo ésta y sale al otro lado.

Ana María, extrañada ante la actitud del joven que siempre es muy cordial y atento con ella, se dispone a llamarlo, cuando Alfonso posa una mano en sus hombros.

–No te preocupes, has logrado lo que te propuse esta tarde.

Ana María gira el rostro y le mira incrédula.

–¿Tú crees que son celos lo que él siente? –Vuelve su vista al lugar por donde ha desaparecido Ricardo–. Temo que esté realmente disgustado conmigo.

Alfonso le sonríe comprensivo, mientras se sienta al borde de la piscina, con los pies en el agua, e invita a la joven que haga lo propio. Ana María obedece en silencio y queda pensativa mirando las aguas quietas.

–Ahora no tengo la menor duda de los sentimientos de mi hermano. Si supieras con qué furia me reprochó que te hubiera dejado acompañar por Juan José –lanza una carcajada–. ¡Le halló los mil y un defectos a tu compañero de esta tarde!

–¡Pobre Ricardo! –Ana María se contagia de la risa de su amigo–. ¡Si supiera que Juan José tiene novia y se piensa casar antes de fin de año!

La joven se halla con la mirada puesta en las aguas de la piscina, por eso no puede advertir el gesto de extrañeza en el rostro masculino.

–¿Qué dijiste? –Alfonso se ha inclinado hacia adelante para quedar a la altura de la mirada de ella–. Entonces, ¿por qué te quiso acompañar?

–Quería conversar un rato conmigo, nada más –Ana María no quiere dar más explicaciones, pero al ver que Alfonso no termina de convencerse, añade muy cordial–: No te preocupes, Juan José es un excelente muchacho.

–Si tú lo dices… –Alfonso se encoge de hombros. Le extraña un poco la actitud de Any, que siempre ha sido su confidente en todo. Sin embargo, ahora es evidente que no quiere contarle lo sucedido esta tarde. La mira en silencio por un rato y luego le pregunta, interesado: –Dime, Ana María, ¿tú sabías que Juan José era protestante?

La joven se sobresalta como si hubiera sido tomada en alguna falta, y mira recelosa a Alfonso.

–Sí, yo lo sabía –balbucea, mientras su corazón late más aceleradamente, y armándose de coraje, agrega–. Al poco tiempo de conocer a Juan José, fui con él a una de sus reuniones.

–¿Tú fuiste alguna vez allí?

Otro empujón del cielo

–Estuve varias veces en reuniones evangélicas –prosigue la joven, tratando de tranquilizarse. Su amigo la sigue mirando, con gesto interesado–. Cuando conocí a Katy en el reformatorio, tuve varias conversaciones con ella respecto a la salvación del alma y a lo que sucederá después de la muerte. Estas conversaciones me hicieron mucho bien, pero luego tu mamá logró sacarme de allí y ya no pude conversar más con Katy. Al despedirnos, ella me aconsejó que leyera un Nuevo Testamento que me regaló –da un suspiro como para tomar aliento–. Un día lo estaba leyendo en la fábrica mientras esperaba que tú vinieras, cuando se me acercó Juan José y muy amablemente conversó conmigo durante un buen rato sobre ese libro. Luego me invitó a una de sus reuniones que celebraban en la zona de la playa. Fui allí varias veces y… –se detiene en su relato y mira recelosa la actitud de Alfonso. Éste la mira muy interesado.

–¿Y…? –la anima a que continúe.

–Bueno. Una noche el predicador se quedó después de la reunión para hablar conmigo y me hizo comprender la necesidad de recibir a Jesús como mi Salvador. Nos arrodillamos y pedí a Dios que perdonara mis pecados y que salvara mi alma para toda la eternidad –a pesar de todos sus esfuerzos, la voz de Ana María suena un tanto enronquecida. Siente que el corazón le late más rápido que de costumbre, pero al ver la ansiedad en el rostro de él, prosigue con más entusiasmo–: ¡Esa fue una noche maravillosa para mí! Por primera vez me sentí del todo feliz. ¡Con deseos de cantar y de reír continuamente! No sé cómo explicarte, pero es algo tan hermoso que creo que no se puede decir con palabras –se sorprende un poco de haber hablado de ese modo delante de su amigo y le observa recelosa.

Alfonso se ha inclinado un poco hacia atrás, tomando con sus dos manos una rodilla levantada.

–Dime, Ana María. Con todo esto me has querido decir que tú también eres protestante, ¿verdad?

–Bueno –la joven, siente que le faltan las fuerzas. Pero luego, recuerda las palabras de aliento que le han dado Juan José y doña Carmen esa noche y añade con valentía–. La verdad es que soy evangélica, no protestante.

Se queda muy seria, esperando ver la reacción de Alfonso, y se sorprende sobremanera cuando comprueba que él permanece muy quieto, con la vista en el agua.

–¿No te asombras?

Alfonso levanta la mirada y le sonríe comprensivo.

–Tú esperabas que me escandalizara o algo así, ¿verdad?

–En realidad, esperaba otra reacción de tu parte.

–Tal vez si todo esto me lo hubieras dicho ayer, me hubiese escandalizado. Pero hoy ya no.

–¿Por qué? No te comprendo.

–Es muy simple, Any. Después de haber conocido a una muchacha como Katy y luego enterarme de que esa extraordinaria joven es evangélica, me ha hecho cambiar de opinión ¿Sabes? Esta noche fuimos con ella hasta la casa donde vivieron sus padres y allí se estaba celebrando una reunión. Katy me pidió que entráramos y no me pude rehusar.

–¿Fuiste a una reunión? –Ana María se halla tan contenta ante esa noticia, que mueve los pies en el agua con tanta agitación que finas gotas mojan el rostro de Alfonso–. ¡Qué alegría!

–Al principio, te confieso que no me sentía nada bien –admite el joven mientras seca un poco su rostro–, pero poco a poco, a medida que iba observando la actitud reverente de las personas, fui tomando confianza y me sentí mucho más cómodo, hasta que al terminar, cuando todos vinieron a saludarme tan amablemente, ya había perdido todo el recelo que tenía al principio.

Ana María está tan emocionada escuchando las palabras de su amigo, que sólo atina a balbucear:

–¡Oh, Alfonso, qué alegría oírte hablar así!

Cobardía confesada

–Pero dime Ana María. ¿Por qué no nos dijiste nunca nada respecto a tu nueva manera de pensar?

–Porque fui una verdadera cobarde –reconoce ella apenada–. Después de haber recibido a Jesús como Salvador, intenté decírselo, especialmente a Ricardo. Pero cuando vi el odio que él tenía hacia nosotros, temí que por culpa de eso, él dejara de hablarme –suspira profundamente, como para tomar un poco de aliento–. Lo quiero demasiado, ¿sabes? Y tuve miedo de perderlo si le decía que yo también era evangélica –juguetea nerviosa con sus manos–. Por eso dejé de ir a las reuniones y me alejé completamente de Dios. Pero gracias a Juan José, que debido a su insistencia, logró que esta noche volviera a asistir a una reunión. Allí me reencontré con Dios. ¡Por fin vuelvo a tener paz y felicidad completas!

Alfonso le mira perplejo.

–Esta tarde cuando conversaba con Katy, me di cuenta que ella poseía algo que la hacía muy feliz a pesar de todos sus sufrimientos. Y ahora, cuando te oigo hablar, me causa la misma impresión. ¿Qué es lo que tienen ustedes que las hace sentir con esa felicidad?

–Es la salvación del alma, Alfonso. Si tú supieras qué hermoso es saber que todos tus pecados han sido perdonados. Que ya no tienes por qué temer a la muerte, ni al más allá, porque Jesucristo te ha salvado y estás libre de condenación –se inunda su rostro de felicidad–. ¡Si tú supieras qué hermoso es saber que si te mueres en este instante, vas a estar con Dios y a gozar de una dicha eterna!

–Sí –afirma el joven en tono preocupado–, me doy cuenta de que debe ser muy lindo tener esa seguridad que tú y Katy poseen respecto a la eternidad, pero no alcanzo a comprender totalmente bien qué es y cómo se obtiene.

–Yo quisiera poder explicártelo mejor, pero no sé hacerlo –dice Any apenada–. Pero si quieres, mañana vienes conmigo a una reunión y allí podrás conversar con el pastor, o con Juan José, y te aseguro que ellos te lo sabrán explicar mucho mejor que yo.

Alfonso permanece callado, pensativo, y Ana María, mientras tanto, ora en su corazón a favor de su amigo. Le pide a Dios que lo ayude a esclarecer sus dudas y a comprender su gran amor por toda criatura humana.

–¿Me acompañarás? –insiste Ana María con mucha ansiedad.

–Creo que sí, Any. Yo también quiero llegar a sentir esa paz y esa felicidad que advierto en ustedes.

LA MADRE DE KATY

Mientras tanto en la antigua casa de los Drake, doña Carmen, recién regresada de participar en unas reuniones en la costa, saluda alegremente a su esposo, mientras cuenta sus experiencias, en especial la de una noche.

–Si supieras qué hermosa reunión tuvimos! –se coloca un delantal y comienza a poner la mesa para la cena–. Estuvo con nosotros Ana María, aquella muchacha morochita que había aceptado al Señor por el testimonio que recibió de una compañera del reformatorio.

–¡Ah, sí! Ahora recuerdo ¡Hace mucho que no venía!

–Sí, y no era sólo por la distancia. Ese inconveniente también lo tenía antes. Dice que se apartó debido a que el muchacho que ella ama, odia a los evangélicos –doña Carmen no dejar de hacer sus labores–. Pero esta noche estaba muy emocionada. Pidió perdón al Señor por haberse apartado y parecía muy decidida a continuar en

Sus caminos. Por mi parte le aconsejé que pidiera a Dios las fuerzas necesarias para testificar de Él, especialmente a ese muchacho. Que no confíe en sus propias fuerzas porque volvería a fracasar.

Don Justo, que es un hombre muy enamorado de su mujer, la contempla en silencio, gozoso del amor de ella para la obra del Señor. Siempre se preocupa por cada persona que viene a las reuniones, por sus problemas, etc.

Doña Carmen ya ha terminado de poner la mesa, y se dispone a servir la cena. Su esposo sonríe gozoso pensando en la sorpresa que va a darle cuando se entere que ha visto a Katy.

Don Justo descubre el secreto

–¿A que no imaginas quién estuvo en nuestra reunión esta noche?

Ella advierte enseguida la actitud intrigante de su esposo y no puede contener su curiosidad.

–¡Por favor, dime quién es!

Don Justo ríe y hace una gran pausa para crear mayor expectativa. Su esposa, que ya lo conoce muy bien, decide no mostrarle más interés y después de servir la cena y de orar por los alimentos, comienzan a comer en silencio.

La táctica da resultado, porque al momento habla su esposo.

–Esta noche estuvo Katy Drake, la hija de don Enrique, el antiguo dueño de esta casa.

Doña Carmen detiene en el aire el tenedor que en ese momento se llevaba a la boca y le contempla con mirada incrédula. No puede creer lo que ha oído o teme no haber escuchado bien.

–¿La pequeña Katy? –pregunta al fin con ansiedad.

–Bueno, ya no es tan "pequeña" como tú la recuerdas. Se ha convertido en una hermosa mujer. Me dijo que ya tiene veintiún años –don Justo se queda contemplando a su esposa. Él se imaginaba que se emocionaría por esa noticia, pero nunca hasta el extremo de ver nublarse sus ojos por las lágrimas.

Doña Carmen permanece unos instantes sin poder hablar.

–¡Claro que debe ser una hermosa joven! Si cuando se fue de aquí tenía seis años, y ya hace más de quince que se la llevó don Enrique a la Argentina –se queda un momento meditando, y luego, recobrando la noción del tiempo y el lugar, mira a su esposo a través de las lágrimas–. Pero ¿cuándo volvió de la Argentina? ¿Cómo murió su padre? ¿Quién cuidó de ella? –se acumulan las preguntas en su garganta, mientras le mira con ansiedad.

–Bueno –don Justo le sonríe comprensivo–, pero no te puedo contestar todo a la vez –saca un pañuelo de su bolsillo y seca con mucho cariño las lágrimas que corren por las mejillas de su esposa y con voz muy suave le cuenta en pocas palabras lo sucedido esa noche.

Al terminar, quedan un buen rato en silencio. En la mente de doña Carmen se agolpan infinidad de recuerdos.

–¿Te mencionó de qué falleció don Enrique?

–Enfermó de cáncer, y aunque lo operaron, logró sobrevivir pocas semanas –don Justo sigue comiendo tranquilo, como es su costumbre.

–¿Y quién cuidó de ella?

–No lo sé. Katy estaba tan emocionada que apenas podía hablar. Además, cuando se enteraron que era la hija de don Enrique, todos quisieron preguntarle algo y entonces me fue muy difícil conversar con ella. Pero no te preocupes. Me prometió venir mañana a nuestras reuniones, así que ya tendrás tiempo de preguntarle todo lo que quieras.

–¡Qué alegría tendré de volver a verla! –en doña Carmen se trasluce la emoción.

–Es una hermosa joven. Tiene cabello negro, largo, y unos ojos azules, muy grandes.

–Así era Adriana, su madre –doña Carmen da un profundo suspiro, y como ya han terminado de cenar, se levanta y comienza a retirar las cosas de la mesa.

Don Justo la mira intrigado.

–Tú me contaste que había abandonado a su esposo, ¿verdad?

–Sí –afirma con tristeza doña Carmen–. Lo abandonó sin conocer siquiera a su hijita. El mismo día que Katy nació, ella se la envió por medio de una enfermera, junto con una nota en donde le decía que no quería saber más nada de él ni de su hija.

–Pero… ¿ella era creyente?

–Cuando don Enrique la conoció, era la hija de los pastores de un pueblo vecino al de él, y al parecer era una chica creyente –doña Carmen pone agua en la pileta y comienza a lavar los platos–. Adriana era demasiado hermosa y eso la perdió. Se casó muy joven, y recién después de casada se dio cuenta que era asediada y pretendida por todo hombre que se acercaba a ella. Al poco tiempo de venir a vivir a esta casa, yo me di cuenta que debía andar por malos pasos. Salía todas las noches y nunca volvía temprano. Esta ciudad es un lugar peligroso.

–¿Y don Enrique qué decía a todo eso?

–Él siempre trataba de hacerle entender que no podía seguir en esa clase de vida. Pero era inútil. Lo peor fue cuando se enteró que estaba embarazada y se quiso intervenir para no tener la criatura.

–¡Es increíble! –exclama asombrado el esposo.

–Don Enrique se puso firme y no dejó que abortara. Entonces lo amenazó con dejarle la criatura e irse de la casa para siempre –doña Carmen enjuaga los platos–. Él tenía la esperanza que cuando naciera su bebé ella cambiaría de opinión. Pero ¡no fue así! El día que comenzó con las contracciones para tener al bebé, yo acompañé a don Enrique hasta el sanatorio. Después que esperamos un rato, apareció una enfermera con la pequeña en brazos. Se la entregó a don Enrique junto con una nota en donde le decía que se olvidara de ella. Él trató de hablarle, pero había dado orden de que no lo dejaran entrar.

–¡Pobre hombre, qué desesperación!

–Estaba deshecho –la voz de doña Carmen suena entrecortada, mientras sus ojos vuelven a llenarse de lágrimas–. Miraba a su hijita, le besaba las manitos y mientras tanto se las mojaba con su llanto. Yo enseguida me ofrecí a cuidársela. Me lo agradeció conmovido y me dijo que la llamaría Katy, como se había llamado su abuela, que hasta el día de su muerte fue una fiel creyente.

Adriana se oculta

–¿Y no volvieron a saber de Adriana?

–El día que a Katy cumplió dos años, mientras le festejábamos el cumpleaños, vinieron unos señores de una compañía de aviación para avisarle a don Enrique que en un accidente, donde no había sobrevivientes, había fallecido su esposa.

–¡Qué terrible! ¡Pobre mujer!

–Pero ella no murió en aquel accidente –aclara doña Carmen mientras guarda algo en la alacena, por eso no puede ver la expresión de sorpresa en el rostro de su esposo–. Figuraba en la lista de pasajeros, pero no tomó aquel avión.

–¿Cómo te enteraste de eso?

–Porque después de mucho tiempo ella misma vino a verme –doña Carmen termina de guardar todo y viene hasta donde está su esposo–. Me dijo que había sacado el pasaje para ese avión porque quería huir de unos hombres que la estaban siguiendo.

–¿Qué había hecho?

–No lo sé. No me lo dijo. Pero si huía, debe de haber sido algo grave –don Justo mueve la cabeza en señal afirmativa, pero no dice nada. Doña Carmen se sienta a su lado–. Adriana no viajó porque temía que esos hombres ya se hubieran dado cuenta que ella huía. Y cuando se enteró del accidente y vio que en la lista de pasajeros figuraba como muerta, aprovechó para cambiarse el nombre, así no la buscarían más.

–¿Y qué hizo después?

–No lo sé. La tarde que vino a verme, quedó muy alterada al saber que yo había perdido todo contacto con don Enrique y solamente me comentó que estaba trabajando en una casa de familia bien. Yo le pedí la dirección para ir a visitarla, pero no quiso aceptar nada de mi parte ¡Estaba llena de remordimientos por todo lo que había hecho!

–¡Y no era para menos!

–Al poco tiempo que ella vino a verme, me escribieron desde Argentina para avisarme de la muerte de don Enrique, pero yo no pude avisarle porque no sabía dónde buscarla. Pensé que volvería algún día por aquí, pero no fue así.

–¡Y pensar que ahora que Katy ha vuelto a España podría encontrarse con su madre!

–¡Vaya a saber qué sucederá! Hace ya muchos años de todo esto –y cambiando por completo el semblante, agrega con una amplia sonrisa–: Bueno. ¡Ahora a esperar hasta mañana para ver a mi pequeña Katy!

9

UNA NUEVA VIDA PARA KATY

Al día siguiente, domingo, Katy se despierta muy temprano. Ha dormido toda la noche de un solo tirón después de la tarde tan feliz y llena de gratos recuerdos.

Acostada boca arriba, con las manos en la nuca, recorre con la vista toda la habitación, mientras la compara en su mente a la piecita donde vivió estos dos últimos meses. Siente una alegría indescriptible y algo muy dulce en su corazón. Presiente que una nueva vida llena de encantos se abre para ella y, sin poder evitarlo, al momento se halla pensando en Marcos, ¡tan bueno y tan afectuoso que fue con ella!

Queda unos momentos pensativa y luego se levanta sin ninguna prisa. Cuando termina de arreglarse, se sienta al borde de la cama, toma la Biblia de su mesa de noche y comienza a leer algunos salmos, que son los más apropiados para expresar su gratitud al Señor. Después de un rato, cierra su Biblia y eleva su corazón en oración. ¡Tiene tanto para agradecerle y pedirle al Señor, que cuando suena el timbre para el desayuno todavía permanece orando!

Después de desayunar se disculpa ante sus amigas y sube las escaleras en busca de sus libros y mantilla para ir a la reunión.

A los pocos momentos se halla caminando por la calle. Es una hermosa mañana donde se ponen de manifiesto todos los encantos de la naturaleza. Se siente feliz como nunca y ha decidido hacer el recorrido a pie. Camina sin ninguna prisa, buscando las aceras con sombra, pues, aunque no son más de las ocho de la mañana, ya se percibe en el ambiente el calor del verano.

Al pasar por el parque, recuerda todas las escenas del día anterior con Marcos y, dando un profundo suspiro, continúa su camino.

De pronto viene a su mente lo que don Justo le ha dicho: Ese día estará su esposa. Apura el paso para llegar más pronto a la casa que fue de su padre y, que ahora se ha convertido en un lugar de adoración al Señor.

Llega un poco agitada, y cuando quiere entrar, se encuentra con la puerta cerrada. Mira su reloj y… ¡claro! ¡Todavía falta más de una hora para que empiece la reunión! Queda parada un momento, pero luego se decide y golpea la puerta del piso donde vive el matrimonio. Al momento se abre la puerta y aparece la gentil silueta de don Justo que la invita cordialmente a entrar. Katy se dirige hasta el centro del salón, recorriendo con una mirada nostálgica cuanto la rodea.

Katy encuentra una gran amiga

De repente se abre otra puerta a un costado y aparece doña Carmen, que viene corriendo a su encuentro. Se abrazan y besan repetidas veces y las dos están tan emocionadas que no pueden hablar por un buen rato. Por fin doña Carmen se recupera un poco.

–¡Nuestro encuentro no debe ser motivo de tristeza! Ven, por favor, entremos. ¡Tengo tanto que preguntarte y tanto que decirte!

Katy asiente en silencio y se deja conducir a través de las estancias. Recorre todas las habitaciones, observando cada detalle con mirada melancólica. Doña Carmen le va dando toda clase de explicaciones mientras recuerda tiempos felices.

Cuando ya no les queda nada más que recorrer, la mujer la invita a pasar a una salita.

—Mi esposo me contó anoche cómo murió don Enrique —se acomodan en un amplio sillón, y al ver que el rostro de Katy se ha ensombrecido, agrega—: Perdóname por estos tristes recuerdos, pero he querido tanto a tu padre, que me interesaba saber cómo había pasado a la presencia del Señor.

—No se preocupe usted. No me duele recordar a papá porque sé que ahora él está gozando de mejor vida allá en el cielo.

—Ahora dime: ¿Qué hiciste cuando él falleció?

—Me llevaron a un asilo, donde viví hasta que una familia adinerada de aquí, de España, me trajo a trabajar en su casa. Estuve con ellos algún tiempo y… —Katy se detiene, sintiendo que un rubor le cubre las mejillas.

Doña Sonia, al verla tan turbada, la mira con cariño.

—Bueno, no te preocupes. Algún día me contarás todo. Ahora soy yo la que tengo algo muy importante que decirte… —Katy la mira sorprendida, sin imaginarse qué será—. Supongo que don Enrique te habrá contado algo sobre tu madre, ¿verdad?

—Si… —la joven, se muestra preocupada por la actitud reservada de la mujer—. Me dijo que fue muy buena conmigo, pero que falleció en un accidente el mismo día que yo cumplí dos años.

Doña Carmen se da cuenta que la joven ignora lo que sucedió con su madre y, después de algunos momentos de vacilación, decide confesarle la verdad.

El secreto guardado

–Lo que quiero decirte es que tu mamá no murió en aquel accidente, como creyó tu padre.

Katy la mira incrédula, sin poder hablar. ¡No puede ser! Siente que el corazón le late furiosamente y que se le aflojan todos los miembros del cuerpo.

–No quiero que te alteres, pero tenía el deber de decirte la verdad.

Katy continúa por unos momentos sin hablar.

–Pero, ¿cómo sabe usted que mi madre no murió en aquel accidente?

–Porque una tarde, después que ustedes se habían ido a la Argentina, ella misma vino a esta casa para preguntar por don Enrique y me contó todo lo sucedido.

–Por favor, doña Carmen –suplica Katy con verdadera angustia, presos los ojos, de expresión anhelante, en los de la mujer, que la miran dulcemente–. Dígame lo que sabe.

–Sí, querida, pero te ruego que guardes la calma.

–Trataré, dentro de mis posibilidades. Pero compréndame –sus ojos se llenan de lágrimas.

Doña Carmen toma las manos de la joven entre las suyas y le cuenta, con mucho cariño, de la mejor manera posible, todo lo que la noche anterior habló con su esposo. Cuando termina, se hace una breve pausa. Gruesos lagrimones corren por las mejillas de Katy, que permanece callada, con la vista fija, mirando el suelo.

–Lo que no comprendo. ¿Por qué mamá no envió enseguida aviso a papá de que se había salvado del accidente?

La mujer le sonríe comprensiva.

–Porque tus padres estaban separados desde hace tiempo. Ella lo abandonó el día que tú naciste –doña Carmen acaricia dulcemente el cabello de la joven, que la mira sorprendidísima–. Tú no lo sabías, ¿verdad?

–No… –Katy habla con voz entrecortada–. Mi padre siempre halagaba a mamá, pero nunca me explicaba muy bien lo que yo le preguntaba. Ahora comprendo por qué oraba tanto al Señor por ella.

–¡Pobre don Enrique! ¡Si supieras cuánto sufrió por su culpa!

–Por favor, señora. No me hable mal de mamá. Prefiero ignorar todo lo malo que pudo haber hecho. Lo que ahora me importa es que está viva. ¿Me puede decir dónde encontrarla?

–Lamentablemente no puedo decirte mucho.

–¿Cómo no me sabe decir dónde está? ¿Acaso no habló con ella?

–Sí, Katy. Pero esa tarde que vino a verme, estaba totalmente trastornada y tuve miedo que le sucediera algo, por eso no insistí en mis preguntas. Cuando se enteró que don Enrique ya no vivía aquí, comenzó a llorar desesperadamente, y aunque insistí para que pasara, se negó rotundamente. Como me prometió que volvería para conversar conmigo, yo no insistí más y se fue.

–Pero ¿no volvió a verla? –Katy hace la pregunta, convencida que es innecesaria.

Doña Carmen niega con la cabeza, y al ver el desaliento tan grande que se ha dibujado en el rostro de la joven, se atreve a animarla.

–No te puedo asegurar que tu mamá viva todavía. Porque hace más de nueve años que no sabemos nada de ella, pero confío que el Señor contestará mis oraciones y algún día la volveremos a ver.

Katy da un profundo suspiro, está dolorida y doña Carmen acaricia su cabello con mucha ternura, como si se tratara de su propia hija.

Aparece el traidor

En ese momento se abre la puerta que da al salón de entrada y aparece la silueta de un joven alto, de cabello castaño y ojos grises.

Katy, al verle, se levanta como picada por una serpiente y queda parada, tiesa, con los ojos muy abiertos.

El recién llegado se queda por unos instantes petrificado, pálido, contemplando a la joven con mayor atención, para asegurarse de que no está viendo visiones, y luego de un momento de vacilación, corre hacia ella.

–¡Katy! ¿Eres tú? ¡Por fin te encuentro! –toma por los hombros a la asustada muchacha–. Si supieras cuánto te busqué! ¡Cuánto rogué a Dios que pudiera volverte a ver algún día! ¡Y mira dónde te encuentro!

La joven siente que se le aflojan las rodillas y que el corazón le late furiosamente. Está parada, tiesa, sin poder hablar.

–Por favor, Katy. No te asustes –le implora con voz angustiosa el joven–. No te he buscado para hacerte más daño. Ahora ya soy del Señor y solamente quería volverte a encontrar para pedirte perdón por todo el daño que te hice.

Al escuchar estas palabras, Katy se recupera un poco de su sorpresa.

–¿Qué es lo que acabas de decir, Hugo?

–Sí, Katy. Aunque te resulte increíble, he recibido al Señor como Salvador y ahora soy un hombre totalmente cambiado.

Al oír esto, cambia por completo la expresión del bello semblante. Los ojos claros se llenan de una luz regocijada y feliz.

–¡Hugo! ¡Qué alegría me das! ¡No te imaginas cuánto he orado por ti!

–Lo sé, Katy, lo sé. Y creo que nunca te lo agradeceré bastante ¡Si supieras cuánto bien hiciste en mi vida!

–Pero, ¿cómo llegaste a entregarte al Señor?

–Por favor siéntate y te lo contaré –Hugo la deposita muy despacio en el sillón y se sienta a su lado, un poco de costado para mirarla mejor–. Cuando salí del reformatorio después de hacerte mi última visita, estaba tan furioso por todo lo que me dijiste. Y, sobre todo, por verte tan firme en tu decisión de permanecer allí –tiembla la voz del joven y Katy, enternecida, toma una de sus manos y la aprieta con suavidad. Hugo la mira agradecido–. En ese momento me parecía imposible que hubiera alguien capaz de despreciarme de esa manera.

Doña Carmen, que hasta ese momento había contemplado a los jóvenes sin entender muy bien de qué hablaban, al oír las palabras de Hugo se levanta y viene hasta donde están sentados.

–Entonces, Hugo, ¿quiere decir que Katy es aquella muchacha que tú me contaste que te había hablado tanto del Señor, y a la que tú hiciste tanto daño?

Hugo levanta su vista, empañada por las lágrimas.

–Sí, doña Carmen, es ella –vuelve a mirar a la muchacha y respira profundamente–. ¡Ella es aquella hermosa niña a quien yo culpé de un robo que no había cometido y la obligué a ir a la cárcel!

Katy se encuentra muy turbada y a la vez emocionada por la actitud del joven.

–¡Por favor, Hugo! ¡No te pongas así!

–¡Oh, querida mía! –doña Carmen se sienta en un sillón frente a los jóvenes–. ¡Si tú supieras lo que has hecho de este muchacho por haber sido tan buena con él!

–Yo no hice nada más que lo que debía hacer –se disculpa, sintiendo que sus ojos se llenan de lágrimas.

–No, Katy. Tú hiciste mucho más de lo que otra muchacha hubiera podido soportar –Hugo se encuentra con el rostro bañado en lágrimas–. Te aseguro que cuando te hice encarcelar injustamente, estaba seguro que terminarías accediendo a mis pretensiones –baja la cabeza avergonzado–. Ya había hecho lo mismo otra vez y me había salido bien –levanta nuevamente su rostro y mira a la joven a través de las lágrimas–. Pero cuando tú, aún después de estar en la cárcel, no accedías a mi oferta de sacarte de allí, te aseguro que no lo podía comprender y me enfurecía –se detiene un momento y, sacando un pañuelo de su bolsillo, seca las lágrimas que corren por su rostro.

Katy le sonríe, envolviéndolo en una mirada de ternura. Es la primera vez que le ve llorar de esa manera, y aún le parece increíble el cambio que se ha producido en él. Siempre le vio tan arrogante, con esa sonrisa cínica del hombre muy seguro de conseguir todo lo que se proponía, que ahora, al verle de esa manera, se siente enternecida.

La revelación de Hugo

Hugo la contempla con una mirada de intensa gratitud.

–Cuando fui la última vez a verte, además de pedirme que te dejara en paz, me dijiste que orarías a Dios por mí. Salí tan enfurecido, que te aseguro que hubiera cometido cualquier locura.

–¡Hugo! –exclama Katy impresionada.

–Sí, Katy, te lo aseguro. Pero gracias a Dios no pasó nada. Fui a beber algo con unos muchachos en el club, y luego, ya muy tarde, volví a casa. Nadie me vio entrar. Era casi el amanecer cuando me tumbé en la cama y encendí mi último cigarrillo. Tenía la garganta seca de tanto fumar, pero no podía aplacar mi furia. Esa noche no pude dormir. Recostado en la cama recordaba continuamente tus últimas palabras de esa tarde: "Oraré a Dios por ti… Oraré a Dios por ti". Al otro día me levanté con muy mal humor y sin desayunar fui hasta la playa para darme un baño, confiando que esto aplacaría mi estado de ánimo. Cuando estaba en el agua escuché a un grupo de jóvenes que entonaban una de las canciones que tanto te había oído cantar a ti y, sin darme cuenta, me acerqué al grupo y me quedé escuchándolos.

Cuando terminaron de cantar, un joven se acercó y me invitó a que compartiera la comida que ellos habían traído. Mi primera intención fue negarme, pero después acepté. Pasé el día con ellos y esa noche predicó Justo sobre el texto: "Venid a mí todos los que estáis trabajados y cargados, que Yo os haré descansar". El Señor tocó muy hondo en mi corazón, pero todavía no estaba convencido de que eso fuera para mí. Desde ese día seguí asistiendo a las reuniones, creyendo que de esa manera aplacaría mi conciencia, hasta que un día en la playa entregué mi corazón al Señor. ¡Fue una noche maravillosa! Lloré de rodillas pidiendo al Señor que perdonara mis pecados –levanta su mirada, y al observar que Katy también está llorando, estira su mano y seca suavemente sus lágrimas con el pañuelo, mientras la envuelve con una mirada llena de ternura, de gratitud–. ¿Sabes Katy? Me sentía tan malo que me parecía imposible que el Señor me pudiera perdonar. ¡Había hecho tanto daño a lo largo de mi vida que me sentía el hombre más perverso de la tierra! Por suerte, aquella noche en la playa, el predicador habló también sobre el pasaje de San Lucas 5:31: "… Los que están sanos no tienen necesidad de médico, sino los enfermos. No he venido a llamar a justos, sino a pecadores al arrepentimiento". A medida que él iba predicando, yo sentía que cada palabra estaba dirigida para hacerme comprender que todavía podía ser salvo. ¡Que había oportunidad para mí!

–¡Gracias a Dios por eso! –Katy está emocionadísima.

–Yo doy gracias al Señor por haberte puesto en mi camino. Y ahora le vuelvo a agradecer el haberte podido encontrar. Cuando recibí la salvación, sentí la necesidad imperiosa de buscarte y sacarte del reformatorio. Pero cuando fui hasta allí, me dijeron que ya habías salido por buena conducta. Les pregunté dónde podía encontrarte, pero me contestaron que no podían decírmelo. Me imagino que tú les habías pedido que no me lo dijeran.

–No, te equivocas.

–De todas maneras, creo que ellos habrán sospechado que no iba con buenas intenciones, porque se negaron a darme alguna información. Salí de allí y te busqué por todos lados, pero nadie sabía nada. Poco a poco perdí toda esperanza de volverte a encontrar. Esa idea me carcomía por dentro. Me parecía imprescindible pedirte perdón para poder estar en completa paz con el Señor –mira a Katy con sus ojos llenos de lágrimas–. Y ahora, ¡por fin te encontré!

–Yo ya te perdoné hace tiempo, Hugo –Katy está tan conmovida al ver al joven de esa manera, que, enternecida, le acaricia tiernamente su cabello como si, en vez de una joven, en ese momento fuese su misma madre.

De repente se abre nuevamente la puerta que da al salón y aparece una señora ya mayor, acompañada por su esposo y una hija de la edad de Katy, más o menos.

Al entrar y ver a su hijo llorando, la señora corre junto a él.

–¿Qué sucede, hijo?

Por toda respuesta Hugo señala a la joven que tiene a su lado. Todas las miradas se dirigen hacia ella, y reconociéndola, vienen a su encuentro, abrazándola y besándola repetidas veces.

–¡Qué alegría volverte a ver! –el rostro radiante de la mujer demuestra su felicidad.

–¡Por fin te hemos podido encontrar! –la joven recién llegada, abraza efusivamente a Katy, que está tan emocionada que no puede articular palabra alguna–. ¡Si supieras cuánto te buscamos Hugo y yo después que él nos contó cómo había sucedido todo!

–¡Nunca llegarás a perdonarnos todo el mal que te hicimos,

Katy! –se disculpa don Antonio muy emocionado, que recién en ese momento puede llegar hasta donde se halla la joven.

–Por favor. Ahora lo que me importa es verlos a todos aquí.

–Y todos salvados por la gracia de Dios –aclara Hugo, que se ha alejado un poco para secar sus lágrimas.

–Bueno, bueno –interviene doña Carmen, que, a pesar de estar emocionada, es la que se encuentra más calmada–. Ahora lo más importante es que han vuelto a encontrar a Katy y ella ya les ha perdonado todo el daño que le pudieron haber hecho –se interrumpe al ver aparecer a don Justo por la puerta que da al salón de culto haciéndoles señas para que bajen, porque está por empezar la reunión.

10

TODOS AMIGOS

Esa mañana cinco personas elevan sus corazones al Señor en gratitud y alabanzas. Katy y la familia Ruiz se han sentado juntos en un mismo banco, y en sus rostros se trasluce la emoción del reencuentro. Hugo, a cada momento debe secar sus lágrimas. Está tan conmovido y a la vez tan agradecido al Señor por haberle permitido que volviera a encontrar a Katy, que no puede evitar que sus ojos se nublen a cada instante. A pesar de todo lo que le dijeron sus amigos, él necesitaba el perdón de ella para sentir completa paz en su conciencia, y ahora que lo ha obtenido, no deja de elevar su gratitud a Aquel que es bueno y misericordioso para con todos.

Katy, por su parte, siente que su corazón se llena de gozo y continua alabanza al Señor. Piensa en su total desaliento de la mañana anterior, donde su porvenir le parecía tan oscuro e incierto, y lo compara con su situación actual, donde todo es gozo, paz y alegría infinita y siente que su corazón se le dilata en el pecho. ¡Cuántas bendiciones le ha dado el Señor para reponer sus energías! No solamente solucionó su situación económica, sino que le ha dado el gozo de ver sus oraciones contestadas y de saber que todos sus sufrimientos anteriores no fueron en vano.

¡Cuán bondadoso es Dios para con aquellos que le aman! Bien dice su Palabra que Él nunca nos dará cargas más pesadas de las que podamos sobrellevar. Cuando ya sus fuerzas empezaban a faltarle, el Señor vino en su ayuda, la confortó y la bendijo de tal modo que ahora siente la necesidad de seguir fiel en su testimonio, hablando de la gracia divina a cuantas personas se le acerquen.

Katy testifica

La reunión, aunque sencilla, transcurre muy emotiva por todos los gratos acontecimientos de esa mañana. Cuando ya está finalizando, don Justo se levanta y anuncia:

–Como ya varios de ustedes saben, tenemos entre nosotros a una muy apreciada joven, hija del primer dueño de esta casa, don Enrique Drake, a quién nosotros le debemos el haber llegado a conocer a nuestro Salvador. Ella ha seguido fiel en sus pisadas y hoy podemos tenerla en nuestra reunión, con gran gozo para todos. Le damos la bienvenida a nuestra casa y deseamos que se sienta cómoda y feliz entre nosotros.

Después de estas palabras, termina con una oración.

Todos se levantan y van a saludar a Katy, demostrándole así su cariño. Ella agradece emocionada estas muestras de afecto, contestando con palabras amables y una amplia sonrisa.

Cuando ya ha pasado un poco la confusión, alcanza a distinguir a Ana María entre los presentes y va decididamente a su encuentro.

–¡Any querida! ¡Qué alegría verte aquí!

–¡Hola Katy! –Ana María besa con mucho cariño a la joven–. Recién le estaba diciendo a Juan José que eras tú la muchacha que yo había conocido en el reformatorio –señala hacia un costado donde se encuentra el joven mencionado.

–¿Cómo está, Juan José? –Katy estrecha afectuosamente la mano que el muchacho le ofrece.

–Encantado de conocerla –Juan José inclina respetuosamente la cabeza–. Ya me ha contado Ana María cuánto ha significado usted en su vida. Pero creo que todavía no sabe que ella ha recibido al Señor como Salvador.

Katy mira sorprendidísima a su amiga y la abraza emocionada.

–¡Ésta es la más hermosa noticia que puedes darme!

Una excursión feliz

Ana María va a responder, cuando ve que se acerca la dueña de casa.

–Nos acompañarás a la playa, ¿verdad Katy?

–Yo no sé… –comienza ella a disculparse, pero en ese momento todos los jóvenes le piden a coro que los acompañe.

Katy agradece complacida y en un momento se acomodan en los distintos vehículos que se hallan afuera estacionados y emprenden la marcha rumbo a la playa.

Es una hermosa mañana, y aunque hace bastante calor, la suave brisa de la costa, aplaca un poco el efecto de los rayos del sol.

Al momento de llegar, los jóvenes se dedican a disfrutar de la playa y del mar. Algunos prefieren nadar y otros quedarse sentados en la arena tomando sol, donde el agua tiene muy poca profundidad. Cuando ha pasado un buen rato ven aparecer a Ana María, que, a pedido de doña Carmen ha ido a buscar una malla para prestarle a Katy y traer a Marcos para que disfrute el día con ellos.

–¡Hola! ¿Ya están aquí? –Juan José los saluda mientras viene a su encuentro junto con varios jóvenes. Todos visten traje de baño.

–Él es Marcos Albornoz –Ana María presenta a su amigo, mientras bajan del auto y se reúnen con los demás.

–A mí no hace falta que me lo presentes. Lo conozco de la fábrica –Juan José estrecha la mano del joven recién llegado.

–¿Qué tal? –saluda Marcos mientras se dirige, junto con los demás, hacia donde están doña Carmen y su esposo preparando las mesas para el almuerzo. Los jóvenes ríen y bromean.

–¿Por qué no aprovechan para darse una zambullida? Mi esposo y yo nos arreglaremos con lo que hace falta.

–Yo iré a nadar un rato –Marcos se dirige hacia un lugar de aguas más profundas–. ¿Tú no vienes Any?

–No… Voy a caminar un poco con Juan José.

Marcos se da cuenta que la joven desea conversar con su amigo y no insiste. Al momento se halla zambullido disfrutando del baño. Nada con todas sus fuerzas por un buen rato y luego se tumba en la arena, cerrando los ojos. De ese modo se sustrae en sus propios pensamientos.

–¿Duerme o le agrada estar así tumbado bajo el sol?

Se incorpora algo sobresaltado y se encuentra con Katy que le mira sonriente. Lleva puesta una salida muy coqueta, de colores vivos.

La joven se sienta a su lado con toda naturalidad.

–Por lo que veo, usted ya ha disfrutado del agua.

–Sí, recién salgo. Pero volveré a zambullirme. ¡El agua está deliciosa!

Katy termina de acomodarse el gorro de baño y, levantándose, deja caer la salida de baño y corre hacia el agua. El joven la imita y se zambulle tras ella. La ve nadar con vigor, con seguridad y nada con mucha potencia hasta llegar a alcanzarla.

–Es usted una perfecta nadadora, Katy.

–Gracias. Es algo que realmente me encanta –en ese momento llegan a un lugar donde el agua es un poco más baja y se detienen.

–No sabía que le gustara la natación.

Ella ríe alegremente:

–¿No le parece una tontería lo que acaba de decir? ¿Acaso sabía algo sobre mí, al igual que yo de usted?

–Tiene razón –reconoce Marcos y se queda mirando la cara de la joven que ahora puede apreciarse mejor, libre de los cabellos que se esconden bajo el gorro de baño–. Katy, ¿por qué no nos tuteamos? –el joven trata de disimular el cúmulo de pensamientos que le produce la joven.

Ella sonríe ampliamente.

–¡Perfecto! ¡Te desafío a ver quién llega primero a aquella roca!

Él asiente con la cabeza y comienzan a nadar con toda la seriedad que aquel desafío requiere. Katy se da cuenta que el joven puede avanzar más que ella, pero procura ir al unísono. Poco a poco llegan a la roca indicada. Marcos, muy solícito, tiende sus brazos para ayudarla a subir. Se sientan y la joven, se quita el gorro con mucha gracia y comienza a ahuecar sus cabellos con los dedos. Marcos la mira en silencio, admirándola.

–¿Por qué me miras así? ¿Te parezco un insecto raro?

La pregunta de Katy lo vuelve a la realidad.

–¡Al contrario! Estoy asombrado ante tanta belleza.

Katy palidece ante aquella indirecta y baja la cabeza sin saber qué decir.

Marcos comprende al instante lo que pasa por la joven, por el rubor que enrojece su cara, y se apresura a disculparse.

–Perdóname Katy, pero no puedo evitar decirte lo que siento en este momento. ¡Realmente eres la mujer más hermosa que he conocido!

Ella no contesta, se halla demasiado turbada para hacerlo.

Marcos sigue fingiendo

–¿Sabes Katy? –Marcos usa un tono grave para que ella se vuelva a sentir cómoda–. Anoche me enteré que don Alfonso necesita una secretaria y le pedí a Ricardo que hablara con él para que te dé ese puesto.

La expresión de Katy cambia bruscamente, sus ojos se llenan de luz. Se regocija, está feliz por lo que acaba de escuchar.

–¿De veras?

–Sí. Ricardo habló esta mañana con su padre. Así que quiere que el lunes vayas a su despacho. Primero te tomará a prueba, ¿sabes?

Katy se queda sin respiración. Aquellas palabras, dichas con tanta naturalidad, la emocionan, la hacen sentir cohibida, sin saber qué responder. Baja la vista y alcanza a balbucear:

–¡He buscado tanto un empleo! Pero nunca me imaginé que llegaría a ser la secretaria de don Alfonso Gardiábal –siente su corazón henchido de emoción y gratitud, tanto que le asoman lágrimas en los ojos. Va a dar las gracias con efusión, cuando Marcos se le adelanta.

–Por favor, no me des las gracias. Al fin y al cabo no soy yo el que te da ese empleo.

Katy le mira asombrada.

"¡Qué bueno es!", piensa ella emocionada, pero no dice nada. No puede decirlo porque tiene un nudo en la garganta que le impide hablar.

Marcos la contempla emocionado.

–¿Aceptarás el puesto?

La joven hace un movimiento afirmativo.

–Quiero decirte que esta mañana Hugo también me ofreció un empleo. Pero no quería aceptar nada de él, porque es como si me quisiera pagar todo lo que hizo. Y eso me hace sentir incómoda.

—¿Quién es Hugo? ¿Acaso el mismo que te mandó a la cárcel?

—Sí, él mismo —aclara Katy, y al ver el asombro en el rostro masculino, añade—: Pero ahora ya no es como antes. Está totalmente cambiado. Ha recibido al Señor en su corazón y me ha pedido perdón por todo lo que me hizo.

—¿Fuiste capaz de perdonarlo?

—Sé que esto te resulta extraño. Pero ten en cuenta que si el Señor perdonó mis pecados y errores, no soy quién para no perdonar a mi prójimo, como Dios me lo pide.

Marcos la sigue mirando. Le parece increíble lo que acaba de oír.

—Realmente te admiro, Katy. Creo que yo no hubiera podido perdonarlo.

—Y yo, humanamente, tampoco —queda en silencio, con la vista perdida en el horizonte infinitamente azul. Gira su rostro y lo mira.

Katy habla de su madre

—¿Sabes, Marcos? Esta mañana me he enterado que mi madre no murió en aquel accidente de aviación.

—¡¿Cómo dices?!

—Sí… —Katy relata en pocas palabras lo que doña Carmen le contara esa mañana. Cuando termina, da un profundo suspiro de resignación—. ¡Lo peor de todo es que no sé ni siquiera dónde buscarla! Lo único que le dijo a doña Carmen era que estaba trabajando de cocinera en la casa de una familia adinerada.

—Bueno, no es una gran pista, pero creo que preguntando a algunas familias ricas por tu madre, alguien va a saber de ella. ¿Cómo se llama?

—¡Eso es lo peor! —Mi madre se llama Adriana, pero se cambió el nombre después del accidente y no tengo ni idea cómo se hará llamar ahora.

—Pero, ¿por qué hizo eso?

—No lo sé. Creo que mi madre no andaba en buenos caminos —Katy desvía la mirada y su sonrisa se diluye y queda pensativa—. Pero, ¡ahora lo único que me importa es que pueda estar viva y en algún lugar de esta gran ciudad!

—Después de saber que abandonó a tu padre apenas cuando naciste. ¿La vas a buscar igual?

—Es mi madre, Marcos, y eso es lo único que me importa. Además doña Carmen me dijo que estaba arrepentida de todo lo que había hecho. Y a una persona arrepentida no se le puede negar nada —su rostro se ensombrece un instante, luego sonríe de aquel modo suyo, dulce y simpático—. ¿Puedes entenderme, Marcos?

—Sí, Katy, te comprendo perfectamente. Y ya te dije que te ayudaré en todo lo que pueda —observa que el rostro de la joven sigue denotando una gran pena y la anima—: ¡Juntos buscaremos a tu madre y te aseguro que la vamos a encontrar!

—¡Ojalá sea así! ¡Hace tanto tiempo que nadie sabe de ella!

Marcos se siente enternecido al verla tan seria. Alarga el brazo y toma la mano de la joven, manteniéndola entre las suyas.

—Katy, quiero ser tu amigo. Tu verdadero y sincero amigo —le habla con dulzura, mientras la mira con ternura y con una sonrisa en sus labios.

—Gracias, Marcos. Sé que eres sincero, por eso te lo agradezco desde lo más íntimo de mi corazón —tiembla un poco su voz. El joven toma la mano que aún mantiene dentro de las suyas y, llevándosela a los labios, la besa de una forma que es un sincero homenaje.

Interesándose por la amiga

Katy la retira suavemente, turbada ante la actitud del joven. En ese momento se da cuenta que los están llamando desde la playa.

–Regresemos, Marcos. Ana María nos está haciendo señas.

–¡Oh, sí! Como quieras.

Katy baja por la roca hasta quedar a una altura prudencial y se lanza de cabeza al agua. Marcos espera para verla reaparecer, y cuando comprueba que nada con la agilidad de siempre, se lanza él también.

Cuando llegan a la orilla, Katy le detiene antes de reunirse con los demás jóvenes.

–Esta mañana he notado que Ana María está algo triste. ¿Tuvo algún problema?

–Sí. Se disgustó nuevamente con Ricardo –su tono suena enfadado–. Esta mañana nos invitó a venir a la playa y él ya había aceptado, pero cuando se enteró de que estaría Juan José, no quiso saber nada de venir.

–¡Pobre Any! Creo que tendrá que sufrir bastante por lo mismo.

–¡Ese tonto de Ricardo se cree con derecho a elegir hasta las amistades de Ana María!

Van a reunirse con los demás.

El broche de oro de un día deleitoso

Pasan un día maravilloso. Todos se divierten muchísimo jugando o bañándose en el mar. Cuando ya el sol se oculta al otro lado de la bahía, tras las altas y rocosas montañas, el grupo de jóvenes decide dar un paseo por los alrededores. Caminan tomados de la mano, cantando alegremente: "Jóvenes cristianos, luchemos, sí, por Él", etc.

Sus voces juveniles se esparcen a lo largo de la playa, resonando en la penumbra del atardecer. Cuando llegan a un claro, casi inconscientemente, quedan callados, contemplando el hermoso paisaje que el sol, ya oculto, les brinda a sus ojos por medio de las nubes rojizas.

Un joven corta el silencio.

–¡Que Hugo cante un solo!

El aludido trata de disculparse, pero todos aprueban a coro la sugerencia y ya no puede negarse.

–Bueno, pero quiero que Katy elija la canción –Hugo mira sonriente a la joven, que responde al instante:

–¿Sabes "Del trono celestial"?

Hugo asiente y, después de carraspear un poco para asegurar su voz, comienza a cantar:

Del trono celestial
Al mundo descendí;
Sed, hambre padecí
Cual mísero mortal.
Y todo fue por ti;
¿Qué has hecho tú por mí.

Su voz suena clara y firme a través del silencio reinante. Katy le escucha extasiada. Le parece increíble que pueda ser el mismo joven que ella conociera hace algunos años.

Por darte la salud
Sufrí, pené, morí;
Tu sustituto fui
En dura esclavitud.
Y todo fue por ti;
¿Qué has hecho tú por mí?

Hugo termina de cantar y todos quedan en silencio. Katy observa de reojo a Marcos, que permanece muy quieto a su lado, con los brazos cruzados sobre el pecho y la mirada perdida en el infinito. No cabe duda que la canción lo ha impresionado. La joven eleva una oración silenciosa a su favor.

—¿Irás esta noche a la reunión? —Katy no eleva la voz para no quebrar el silencio.

Marcelo se vuelve y la mira con ternura.

—Sí, Katy, iré gustoso. He pasado un día maravilloso y creo que no estaría completo si no los acompaño.

Juan José eleva una corta oración y regresan hasta donde quedaron doña Carmen y su esposo.

Terminan de acomodar todo y se alejan rumbo a la ciudad.

MADRE E HIJO

Doña Margarita, después de atender algunas visitas, va a sentarse a la orilla de la piscina para tomar un poco de aire fresco, mientras espera a su esposo y a sus hijos.

No tiene que esperar mucho, para oír un coche que se detiene en la rotonda del jardín. Es Alfonso y Ana María que regresan.

Como todos los días, la muchacha, antes de ir a dormir, pasa a desearle las buenas noches y se aleja cruzando los jardines hasta la casita donde vive con su abuelo.

Doña Margarita la ve alejarse y sonríe. Realmente hay que ser muy ciego para no darse cuenta de lo extraordinaria mujer que es. Piensa en su hijo, que todavía no se da cuenta que está enamorado de ella.

—¿Ya volvió Ricardo? —la voz de Alfonso corta su meditación.

—Sí. Hace un buen rato. Pero se retiró a su cuarto.

–¿Cómo? ¿No va a ningún baile esta noche?

–Parece que no –la madre mira a su hijo de reojo y sonríe maliciosa–. ¿Qué pasó hoy entre ustedes, Alfonso?

–Nada de particular, mamá –el joven toma una silla plegadiza, la abre y se sienta delante de su madre–. Lo que pasa es que Ricardo, con su orgullo, no quiso admitir que Ana María se volviera a encontrar con Juan José Ezquerra.

–Sí, algo de eso me dijo. Pero vino con una cara de disgusto que parecía haber pasado el peor día de su vida.

–Y no es para menos –Alfonso arruga la frente–. Yo no comprendo cómo Ricardo se puede sentir cómodo entre chicas tan superficiales como las que andan con él. Te aseguro que si estuviera tan solamente una tarde entre un grupo de jóvenes como los que yo he visto hoy, no volvería ni a mirar a esas otras.

–¡Parece que tú sí que has pasado un buen domingo! –doña Margarita, mira con cariño a su hijo.

El joven levanta la mirada y sonríe:

–Sí, mamá, no te lo puedo negar. Hace mucho tiempo que no me sentía tan contento. ¡He pasado un día maravilloso! –Alfonso se inclina hacia adelante y toma una mano de su madre entre las suyas–. El haber estado con ese grupo de jóvenes todo el día me ha hecho mucho bien. No sé cómo explicarte, pero me doy cuenta de que ellos poseen algo que nosotros no tenemos y que los hace sentirse felices aún en los momentos más dolorosos de su vida.

Doña Margarita lo mira extrañada.

–¿Algo que nosotros no tenemos? Pero, ¿qué? Porque riquezas y comodidades nunca te han faltado.

–No, mamá. Es algo distinto. No son cosas materiales, sino espirituales. Es algo que les llena el alma, de tal modo que aunque sean pobres o tengan que pasar privaciones, se pueden sentir felices –medita un instante–. Esto mismo le dije a Katy cuando estábamos en la playa y me contestó que lo que a mí me faltaba era la salvación de mi alma.

Al oír esto, doña Margarita se queda rígida.

—Pero, ¿qué dices? ¿Acaso alguien puede asegurar la salvación de su alma?

Doña Margarita oye el mensaje

—Creo que sí, mamá. Katy me dijo que estaba segura de que era salva, y así me lo confirmaron Juan José y algunos otros jóvenes con los que conversé esta tarde.

—Pero eso es absurdo, hijo. Yo pienso que debemos procurar hacer todo el bien que podamos aquí en la tierra, para llegar al cielo, y que Dios nos conceda la salvación.

—Hasta ayer yo pensaba lo mismo, mamá. Pero ahora me doy cuenta que no puede ser así. Pienso que Katy y los demás están en lo cierto cuando afirman que Jesucristo es el único Salvador de este mundo.

—Bueno, que Jesucristo es el Salvador del mundo todos lo sabemos.

—Sí, mamá, todos lo sabemos, pero entonces, ¿por qué procuramos salvarnos por nuestros propios medios? Si reconocemos que Él es el Salvador, ¿por qué tratamos de portarnos bien para ganar el cielo?

—Portarnos bien es la mejor manera de vivir para agradar a Dios.

—Podemos agradar a Dios, pero nunca salvar nuestras almas, que es lo más importante —Alfonso habla con un tono angustiado en su voz.

La madre lo mira bastante confundida por todo lo que le ha dicho.

—Pero, entonces, ¿qué crees tú que hay que hacer?

Alfonso se pone de pie, bastante inquieto.

–No lo sé muy bien, mamá. Pero estoy seguro que dentro de poco lo voy a entender –camina alrededor de la mesa y da rienda suelta a sus reflexiones–. Tanto en la reunión de anoche como en la de hoy, he sentido que Dios ha estado muy cerca mío. Nunca antes sentí que era un pobre pecador como lo sentí esta noche.

–¡Hijo! ¡Tú un pecador! –doña Margarita mira sorprendida el rostro del joven–. Si ni siquiera tienes algún vicio. No fumas, no bebes, no has hecho mal a nadie.

–¿Sabes, mamá? –Alfonso se sienta en el pasamanos de un sillón al lado de su madre y su rostro se cubre de arrugas–. El predicador dijo esta noche que todos éramos pecadores y estábamos lejos de Dios, y que solamente si aceptamos la obra de Cristo en la cruz podremos salvarnos. Creo que tiene razón, mamá. Porque aunque no hayamos hecho mal a nadie aparentemente, no podemos dejar de considerarnos pecadores, porque todos pecamos. Unos más y otros menos, pero todos lo hacemos –queda unos momentos en silencio, reflexionando–. El predicador habló del ladrón en la cruz, aquel que Jesucristo le dijo: "Hoy estarás conmigo en el paraíso" ¿Tú crees, mamá, que si el ladrón hubiera tenido que salvarse por ser bueno, o haber hecho buenas obras, Cristo le habría podido decir: "Hoy estarás conmigo en el paraíso?

–Bueno, no… –doña Margarita comenta sin ninguna convicción.

–Lo mismo que una persona que ha sido muy mala, que ha vivido en el pecado. Por más que después se lo proponga y sea un individuo ejemplar, no puede borrar sus pecados –se levanta inquieto y da algunos pasos en dirección a la pileta; luego, se da vuelta de golpe–. Hoy estuve con Hugo Ruiz, aquel muchacho que te conté que hizo tanto daño a Katy.

–¿Estuvo contigo?

–Sí. Estaba en el grupo con nosotros. Pero ahora es un muchacho cambiado. No solamente le pidió perdón a Katy, sino que he podido comprobar que ya no queda nada de aquel sinvergüenza que pudo ser antes.

—En buena hora que haya cambiado, porque ya bastante daño había hecho.

—Sí, mamá. Pero ¿tú crees que si no fuera un poder superior que lo guía, él podría cambiar tanto en tan corto tiempo?

—Bueno, si se lo propone, creo que sí.

—Aunque se lo proponga, mamá –se impacienta Alfonso–. Nadie tiene tanta fuerza de voluntad para olvidar por completo lo que fue. Además, él me aseguró que Dios le ha perdonado sus pecados, que ha sido Jesucristo que lo ha salvado. Y yo creo que es cierto, porque he conocido casos que han hecho de todo para dejar su vida pasada, pero lo han logrado por muy corto tiempo y luego han vuelto a ser los de antes. En cambio con Hugo no ha pasado eso, él ha cambiado completamente. ¿Quién puede asegurar todo eso si no lo ha experimentado?

—Entonces, ¿tú qué piensas? –se advierte angustia en ella.

Hablando de Katy

—Yo creo que ellos poseen algo distinto a nosotros que los hace ser tan felices. No sé muy bien qué es. Pero te aseguro que lo buscaré hasta encontrarlo. Quisiera llegar a tener esa felicidad que advierto en Katy y en los demás. Mira esa muchacha. ¿Crees tú que si no fuera una fuerza superior que la ayudara, ella hubiera podido soportar todos los sufrimientos que le ha tocado vivir? Y no solamente ha soportado las injusticias que le han hecho, sino que las ha tomado con resignación, sabiendo que Dios lo permitía.

—Pero ¿cómo Dios va a mandar esas cosas?

—Ella me decía esta tarde que Jesús había permitido lo que le sucedió para poder salvar a otras personas como Hugo y Ana María, a la que conoció en el reformatorio. Me dijo que si a ella no le hubiera pasado todo eso en su vida, quizás Hugo nunca hubiera llegado a salvarse y Ana María nunca hubiera escuchado acerca de la Biblia.

–Es una manera muy extraña de razonar, ¿no te parece?

–Quizá. Pero tengo que reconocer que si no hubiese sido por Ana María, yo nunca hubiera conocido a una muchacha como Katy y quizá nunca me hubiera preocupado de la salvación de mi alma y de otros asuntos que únicamente ahora que he conversado con ella me doy cuenta.

–Veo que estás impresionado con esa muchacha –dice muy significativamente doña Margarita.

–Tienes razón. Nunca antes había conocido a una chica tan limpia en sus sentimientos, tan pura en su manera de pensar y a la vez tan llena de encantos.

–Mmmm… Me parece que detrás de todo esto hay algo más –la madre sonríe. Se levanta y va hasta donde está su hijo–. ¿Te has enamorado de Katy, verdad?

–Todavía no estoy seguro, mamá. Pero creo que sí. ¡Nunca antes había sentido tanta atracción hacia ninguna muchacha!

–Si lo sabré yo, que he visto cómo han tratado de enamorarte tantas chicas. Y, sin embargo, tú nunca le diste importancia a ninguna. En cambio, desde ayer sólo hablas de Katy.

–Es que ella es totalmente diferente a las demás. ¡Es tan simple, tan pura!

–¡Y tan bonita!

–Sí, mamá, Katy es preciosa. Pero no sólo físicamente. Su mayor belleza la tiene en el alma. Y eso es lo que más me agrada de ella.

Doña Margarita, que sabe leer perfectamente el rostro de su hijo, lo toma por los hombros:

—Me alegra muchísimo oírte hablar así. Y si Katy es como tú dices, me alegraré mucho más si llega a ser mi nuera.

—¡Ella es una mujer maravillosa, mamá —Alfonso no puede ocultar su alegría por las palabras de su madre. Pero, luego de un momento, su rostro se ensombrece—. Lo que me preocupa es haberle dicho a Katy que soy el hijo de tu cocinera y no tu verdadero hijo.

—Bueno, pero eso se arregla, en la primera oportunidad que tengas, le dices la verdad y todo queda solucionado —le mira tiernamente, y al ver que las sombras no desaparecen de su rostro, le besa en la frente—. Ahora, lo mejor será que vayas a descansar. Mañana seguiremos hablando.

Alfonso se levanta y, tomando a la madre del brazo con cariño, caminan en dirección a la mansión.

La resolución de Ana María

Mientras tanto Ana María, después de contarle a su abuelo todo lo sucedido en ese día, va hasta su dormitorio y, cuando ya se dispone a acostarse, advierte que en una ventana de la mansión vecina todavía hay luz. Se trata del dormitorio de Ricardo. Muy extrañada, se acerca a la ventana, abierta de par en par, y queda muy quieta, conteniendo la respiración. Instintivamente mira su reloj: Son las doce y media de la noche. Todavía es demasiado temprano para que haya regresado de uno de los bailes a los que siempre suele concurrir los domingos. "Quizás está demasiado cansado", piensa, y su rostro se abate. Le disgusta muchísimo que haya pasado todo el día con otras chicas pudiendo haber estado con ella y su grupo de amigos. Pero, evidentemente, Ricardo se ha propuesto separarla otra vez de ellos. ¡Ah!, pero esta vez no lo conseguirá. Aunque deba perderlo para siempre. ¡Nadie hará que vuelva a separarse del Señor!

Y como si tratara de infundirse ánimos ella misma, aspira profundamente el aire perfumado del jardín y vuelve a la cama. Allí eleva una corta oración pidiendo al Señor la fortaleza necesaria para esta batalla que ha comenzado a jugarle Ricardo y luego se acuesta.

Cuando apaga la luz, no puede evitar que su mirada se dirija otra vez hacia la ventana vecina. Todavía advierte la silueta masculina que pasea de un lado a otro. Un momento después la figura desaparece y se apaga la luz. Ana María se queda dormida enseguida.

La turbación de Ricardo

Mientras tanto, en la habitación donde hace un momento acaba de apagarse la luz, Ricardo, con un resoplido de impaciencia vuelve a la cama y se deja caer dando golpes a la almohada, que no acaba de encontrar a su comodidad.

Hace calor y no se cubre. Todo el verano duerme así, sin taparse. Pero esta noche no hace más que cambiar de postura una y otra vez, llamando al sueño que no acude. ¡Y qué va a acudir, si tiene un torbellino de pensamientos que le dan vuelta en la mente como si fuera un avispero!

Alfonso (Marcos, para la gente de la fábrica) le ha dicho que iba a pasar el día con unos amigos de mediana posición que viven en la calle Marqués del Duero, 164, y él se dirigió allá, donde se enteró que los señores salieron antes del mediodía con un grupo de jóvenes en dirección a la playa. Dando por imposible hallar a su hermano y al grupo de amigos en la extensa playa, se fue a la discoteca con sus conocidos amigos; pero, disgustado por el ruido, salió a las apuradas con su auto y allá en la playa vio a Ana María charlando muy entretenida con Juan José Ezquerra.

Se incorpora y tira de la ropa de cama con violencia, cubriéndose hasta la cabeza. ¡Ojalá que así logre dormirse! Pero luego de un instante vuelve a destaparse y salta de la cama furioso. Es evidente que esta noche no podrá conciliar el sueño. Comprueba que el aire acondicionado funciona. Pero entonces, ¿por qué siente tanto calor? Se pone una bata y va hasta el baño con intención de beber un vaso de agua. Siente la garganta seca. Cuando lleva el vaso hasta sus labios, se da cuenta que el agua está caliente y la escupe asqueado. ¡Nada! No hay manera de encontrar alivio al nerviosismo que le domina. ¡Tal vez si respira un poco de aire fresco!

Se acerca a la ventana y la abre de par en par. Levanta la mirada hasta el cielo, que se encuentra maravillosamente sereno y estrellado. No es más que la una de la madrugada y todo duerme apaciblemente, entregada la naturaleza al reposo bajo el manto sereno de la noche estival. Aspira bien profundo el aire perfumado del jardín e instintivamente su mirada se posa en la ventana de la casita de enfrente. Muchas veces ha visto esa ventanita, pero esta noche se le antoja que la ve por primera vez. ¿Qué hará Ana María a estas horas? Seguramente dormirá plácidamente, mientras que él no puede sacarse de su mente todo lo que ha vivido ese día. Solo él sabe lo que ha sucedido en realidad después que Alfonso se fue con Ana María a la playa y él los descubrió. Estuvo apenas un minuto con el grupo que rodeaba a su hermano, preguntando por la nieta de su jardinero con el propósito de disculparse con ella y, a indicación de ellos, divisó un poco más allá a Ana María charlando animadamente con Juan José Ezquerra mientras caminaban solos por la playa; una rabia sorda le encegueció y se olvidó por completo de su arrepentimiento. Estaba visto que a ella le importaba muy poco estar lejos suyo.

Cierra la ventana con violencia y vuelve a tirarse con fastidio en la cama. ¿Por qué le importa tanto lo que hace Ana María? ¿Qué derecho tiene él a espiarla, como si se tratara algo de su propiedad? ¿O es que acaso hasta ahora, inconscientemente, la ha considerado algo así? No. Simplemente la vigila como a una hermana más inocente, para que no caiga en manos de algún aprovechador. Esto se repite a cada instante para convencerse a sí mismo. Pero luego se da cuenta de que no es por esto que la vigila. Si él mismo, a pesar de todo lo que ha dicho, sabe perfectamente que Juan José Ezquerra es un excelente muchacho, incapaz de obrar con maldad. Pero, entonces, ¿por qué le molesta tanto que acompañe a Ana María? ¿Acaso siente celos de él? ¿Celos? No, no puede ser. Si él la quiere tan sólo como un hermano. Pero un hermano no puede sentir tanta impaciencia ante la presencia de un extraño. Evidentemente, y pese a él mismo, Ana María le interesa demasiado. ¿Será que está enamorado de ella?

Tiene que sentarse en la cama, preso de una extraña agitación. Está sudoroso e inquieto. O la habitación es un horno, o él arde de fiebre.

Se pone la mano en la frente. No, está normal. Pero ¿qué le sucede esta noche? ¿Por qué desde la mañana, en que se separó de su hermano, no hay nada que le conforte?

Se tira de nuevo en la cama y queda muy quieto por unos instantes. Ya no le cabe duda: se da cuenta, por fin, de que está enamorado de Ana María. Pero, ¿por qué lo ha descubierto recién ahora, cuando a ella le interesa otro muchacho? Verdaderamente ha sido un tonto; la ha tenido toda la vida a su lado, sin saber qué sentía por ella. Pero ahora, ¿será demasiado tarde?

Se levanta de un salto y se dirige hacia la ventana. Busca con sus ojos la casita de enfrente con ansiedad. La oscuridad de la noche la acerca aún más.

–¡Ana María! –suspira–. ¡Ojalá no sea demasiado tarde para mí!

Se queda un momento más parado allí, muy quieto, y luego vuelve lentamente y se tira en la cama. Esta vez se queda dormido enseguida: la naturaleza reclama sus derechos.

12

LA NUEVA SECRETARIA

Ricardo se despierta muy temprano. Ya cambiado, sale de su dormitorio y se dirige hacia el comedor, donde su madre está desayunando.

—¡Buenos días, mamá! —la saluda, besándola en la frente, mientras va a sentarse a un costado de la mesa, donde doña Julia ya le está sirviendo el desayuno—. ¿Alfonso ya se fue?

—Salió hace un momento. Tenía que pasar por la pensión de Katy para llevarla a la fábrica.

—¡Cierto! —Ricardo sonríe con suspicacia—. Me había olvidado que desde hoy papá tiene una nueva secretaria. ¡Ojalá que ésta le sirva para rato!

Sin más comentarios comienza a desayunar. La madre lo observa en silencio durante unos instantes; luego, sin darle mayor importancia, le pegunta:

—Te oí anoche hasta muy tarde. ¿Qué te pasaba que no podías dormir?

Ricardo se sobresalta un poco. Podría confesarle que ha pasado la noche desvelado pensando en Ana María, pero no quiere hacer confidencias.

—Me dolía un poco la cabeza. Supongo que esa sería la causa.

Doña Margarita reprime una sonrisa, preguntándose hasta qué punto su hijo es sincero; luego le mira, y Ricardo tiene la sensación de que lee en sus ojos, pero antes de que pueda formularle una nueva pregunta, comenta con naturalidad.

—Esta mañana quiero ir un rato a la fábrica. Le prometí a papá ayudarle con algunas cuentas.

Doña Margarita comprende perfectamente el estado de su hijo y decide no importunarlo más. Continúan el desayuno en una franca amenidad.

Marcos y Katy

Mientras tanto, Marcos llega a la pensión, y cuando intenta abrir la puerta del auto ve aparecer a Katy en la vereda.

—Todavía no es hora de entrar al trabajo, pero me imaginé que querías conocer las instalaciones donde tendrás que ubicarte. Por eso vine a buscarte un poco más temprano.

—Te lo agradezco —Katy le sonríe, aunque sin poder ocultar su nerviosismo.

Durante el trayecto apenas intercambian algunas palabras y en muy corto tiempo el vehículo se detiene ante las amplias instalaciones de las fábricas textiles "Gardiábal e Hijos".

Katy va a abrir la portezuela, pero la mano de Marcos la retiene un instante.

—¿Cómo van esos ánimos?

–Un poco nerviosa. –se miran unos instantes en silencio y ella no puede ocultarle la verdad–. Estoy muy nerviosa, Marcos. Anoche casi no pude dormir. Todo esto es demasiado para mí.

–No te preocupes por nada –Marcos le sonríe mientras presiona levemente con las suyas la mano de Katy. Ella trata de sonreír, pero no le brota la sonrisa de los labios. Existe un conglomerado de emociones en su pecho que no le permite ninguna clase de serenidad.

El joven baja apresuradamente y da vuelta en torno al auto para ayudarla. Katy desciende y queda parada, un poco impresionada ante el edificio que se le presenta ante su vista. Aquellos seis pisos, de moderna contextura, algo lujosa, la hacen sentir cohibida y empequeñecida.

Marcos, comprendiendo lo que en aquellos momentos siente la joven, se le aproxima, como si desease protegerla con toda su corpulencia, dándole a entender que ahora le tiene a él y que no debe sentirse sola en ningún momento.

Katy levanta el rostro y le sonríe agradecida. Él la toma por el brazo y la conduce a través de la plazoleta de entrada.

Suben las escaleras y penetran en el interior del edificio. Es un ambiente espacioso, alegre y moderno. Katy pasea la mirada a su entorno y se siente cohibida. Marcos saluda a algunos empleados y luego la conduce a través de las instalaciones, explicándole cada detalle de las tareas que allí se realizan. Cuando observa que Katy ha perdido todo el recelo de los primeros momentos, la lleva hasta la puerta del ascensor.

–Ahora te llevaré hasta la oficina de don Alfonso. A esta hora te debe estar esperando.

Katy se detiene un momento, indecisa. Marcos se inclina hacia ella para verla mejor y observa que las facciones delicadas de la muchacha se hallan contraídas.

–No te preocupes por nada –la anima con dulzura, pero ve que la joven no cambia de actitud–. Estoy seguro que don Alfonso quedará muy contento contigo.

La joven parpadea repetidamente.

–Gracias, Marcos, eres muy bueno.

Él hace un gesto como queriendo decir que no tiene importancia, y observando que sus palabras han logrado el objetivo deseado, abre la puerta del ascensor e invita a subir a Katy.

En un momento llegan hasta un corredor al fondo del cual se encuentra una puerta que ostenta el título de "Gerente General".

Hacia allí se dirigen, y Marcos llama con los nudillos. Una voz grave les indica que pueden pasar.

La joven, al oír que va a ser presentada ante don Alfonso, vuelve a vacilar, llevándose su mano derecha al corazón por miedo a que se oigan sus latidos.

Marcos ve su movimiento y la toma por un brazo.

–¿Quieres que te acompañe?

La joven le sonríe agradecida.

–No, Marcos, gracias. Ya hiciste bastante.

Cierra por un momento los ojos para contener su emoción, y eleva su corazón al Señor: "Ayúdame, Dios mío, y haz que todo resulte para bien". Luego abre decididamente la puerta y entra.

Ante el potentado Gardiábal

–Buenos días, señor Gardiábal –saluda con una inclinación de cabeza y se para frente al escritorio.

Don Alfonso contesta el saludo y se dedica a contemplar a la joven. En un primer momento piensa que tiene ante sí a otra "muñeca", como dice Marcos, pero muy pronto cambia de opinión. Esa joven es, sin lugar a dudas, muy hermosa, pero le basta una sola mirada para darse cuenta de que es diferente a todas las secretarias que tuvo. Hay una pureza notable en su semblante, más que nada en la mirada límpida de sus ojos claros, que le provoca una especial simpatía hacia ella.

–Ricardo me ha dicho que se llama Katy –don Alfonso corta el silencio.

–Sí, señor –contesta ella un poco cohibida ante la mirada escrutadora del dueño de la fábrica.

–¿Es su apodo o su nombre?

–Es mi nombre, señor –aclara Katy con voz suave.

–¿Es de ascendencia inglesa? –don Alfonso, no deja de observarla.

–Yo soy española, señor. Pero mi abuela paterna era inglesa. Por eso llevo su nombre.

–Pero su apellido también es inglés –don Alfonso deja de mirar a Katy y se levanta.

–Mi abuelo y mi padre eran ingleses, señor.

Don Alfonso esboza una sonrisa por respuesta y, dando la vuelta, viene a colocarse frente a la joven. Se apoya en el escritorio con los brazos cruzados.

–Bueno, señorita; ahora le daré algunas indicaciones con respecto a su trabajo.

–Muy bien, señor Gardiábal –Katy inclina su cabeza con reverencia–. Pero antes quiero agradecerle por darme esta oportunidad de trabajar con usted. Nunca antes he desempeñado un puesto como éste, pero le aseguro que pondré todo lo que esté de mi parte para complacerlo.

Don Alfonso queda un poco sorprendido ante estas palabras. Para disimularlo le hace varias preguntas sobre su vida pasada y lo que sabe hacer. Katy contesta decidida, pero a la vez muy amablemente, y a medida que avanzan en la conversación, don Alfonso va perdiendo la severidad con que comenzó a tratarla al principio.

Luego de dirigirle varias preguntas sobre sus conocimientos de contabilidad, manejo de libros, etc., queda sorprendido. Evidentemente esta joven sabe bastante de aquel trabajo.

–Hace mucho tiempo que busco una secretaria eficiente, pero presiento que por fin la he encontrado. Usted reúne todas las condiciones necesarias: es linda, amable y muy bien educada. Por eso me felicito de haberla encontrado.

Katy, al escuchar estas palabras, siente su corazón tan henchido de emoción y gratitud, que le asoman lágrimas a los ojos.

–Gracias, señor Gardiábal, usted es…

–Por favor –la interrumpe don Alfonso–, no me de las gracias antes de saber qué es lo que le corresponde hacer.

–Sea lo que sea, señor, lo haré con el mayor placer.

–¿Y si yo le dijera que tiene que atender mi correspondencia, poner en orden mis libros, acomodar este escritorio, acompañarme a las reuniones de directorio, atender el intercomunicador, el teléfono, tener siempre al día mi agenda, y algunas cosas más? ¿Qué me diría?

–¡Oh! ¡Sería hermoso hacer todo eso para usted!

–¿De veras? ¿No le parece demasiado? –don Alfonso se sorprende al ver el entusiasmo de la joven.

–No, señor –Katy acentúa su sonrisa–. Además, es usted tan bueno que todo lo que haga me parecerá poco.

Don Alfonso queda callado, mirándola. Los ojos de Katy expresan tal emoción y gratitud que lo conmueven. Jamás antes le ha tocado tratar a alguien así. Esa joven, con sus respuestas claras, sencillas y llenas de humildad, acaba de conquistar por completo su corazón.

Desde ese momento Katy comienza a trabajar como secretaria del señor Alfonso Gardiábal.

13

TESTIFICANDO AL JEFE

Hace ya más de dos semanas que Katy trabaja como secretaria del señor Alfonso Albornoz Gardiábal y éste se halla cada vez más conforme de la eficiencia y los conocimientos de la muchacha.

Katy, por su parte, ya ha superado por completo el nerviosismo de los primeros días y se dedica con mayor placer a sus tareas. Ha conquistado por completo el corazón de todos aquellos empleados y gente del personal con los que debe tratar a diario. Todos la admiran y sienten un especial respeto por esa muchacha que siempre les contesta con una sonrisa o una palabra de aliento.

Muy a menudo Katy se encuentra con Marcos. Se han hecho grandes amigos y aprovechan todos sus momentos libres para estar juntos.

Los dos se sienten atraídos, pero lo disimulan. Katy, con la esperanza de llevarlo a los pies del Señor, y Marcos tratando siempre de decirle su verdadera identidad. Pero hasta ahora nada ha cambiado.

Así transcurre un tiempo más, hasta que un lunes, cuando Katy entra en su oficina, encuentra a Marcos que la está esperando.

–¡Buen día! –la saluda muy sonriente el joven, que se ha ubicado detrás del escritorio, en un amplio sillón que suele utilizar don Alfonso.

–¡Hola! –contesta ella un poco inquieta ante su presencia, pues desde hace algún tiempo ya le resulta muy difícil disimular su atracción por él.

–Te esperaba porque quiero conversar un momento a solas contigo, y como sé que siempre llegas temprano, aproveché para venir hasta aquí –Marcos, con naturalidad, la mira a los ojos, sonriente–. Siéntate, por favor.

Katy siente que las piernas le tiemblan y, apoyándose en una silla, se sienta por temor a caerse.

–Desde hace algún tiempo que me encontraba bastante confuso respecto a lo que oía y veía en ti –Marcos no deja de mirarla a los ojos. Katy sonríe, sabiendo que su voz temblaría–. Pero anoche, por fin, he podido esclarecer mis pensamientos. Después de leer dos o tres capítulos del Evangelio de San Juan, como tú siempre me aconsejabas, comprendí, por fin, que era un pobre pecador perdido y sin esperar más, me arrodillé y pedí perdón a Jesús, recibiéndole como mi Salvador ¡Ahora sé que no tengo nada que temer, porque soy salvo gracias a la obra de Cristo en el cruz!

–¡Oh, Marcos! –Katy se emociona hasta las lágrimas–. ¡No sabes qué alegría me das! –no puede seguir hablando porque se le corta la voz.

El joven, al ver su emoción, se levanta y viene hasta ella, hablándole con voz muy dulce, sin dejar de mirarla.

–Sé muy bien cuánto deseabas que yo recibiera al Señor y cuánto habrás orado para que Dios me ayude a ver claramente dentro de mí. Por eso he querido que seas la primera en saberlo.

–Gracias –la turbación de Katy es evidente. Se levanta, le da un tímido beso en la mejilla y, se separa rápidamente, avergonzada–. Ahora podrás comprender muchas cosas que antes no entendías y podrás darte cuenta del gozo y la felicidad que yo siento.

–Sí, Katy, tienes razón –Marcos toma la mano de la joven y, mirándola a los ojos, la lleva a sus labios y la besa con mucha ternura. Ella baja la vista completamente turbada.

En ese momento suena el timbre del teléfono y Katy va a atender, mientras Marcos se retira. Ya en el umbral, se vuelve:

–En el almuerzo, seguiremos conversando –sale y cierra la puerta tras de sí.

Katy, después de atender la comunicación y anotar algunas instrucciones que le acaban de dar por teléfono, se sienta, dando un profundo suspiro. Se lleva una mano al corazón y nota que éste late más aceleradamente que de costumbre. Marcos tenía razón. Nunca antes había rogado tanto a Dios por alguien. El Señor sabe que desde hace algún tiempo él es algo muy especial en su vida.

En ese momento la puerta del despacho se vuelve a abrir, dando paso a gente del personal que viene a consultar, a pedir informes, etc. Katy los saluda a todos, mientras atiende los asuntos que cada uno le va trayendo. A los más observadores no se les pasa por alto esa sonrisa muy especial que advierten en su rostro.

Don Alfonso ya no necesita venir a su oficina tan temprano, y algunas veces, como esa mañana, recién aparece ya casi cuando es hora de ir a almorzar.

–¿Mucho trabajo, Katy? –acomoda el portafolios en una gaveta.

–Como siempre, señor. Aquí tiene los informes del día por si quiere leerlos.

–No hace falta, ya sé que está todo en orden –le sonríe, muy cordial.

–Gracias por su confianza, señor.

–Usted se la merece, Katy. Ya le he dicho muchas veces que nunca antes había tenido alguien tan eficiente a mi lado.

–Es usted muy generoso, señor.

Don Alfonso comienza a firmar documentos y papeles que Katy le ha dejado en su escritorio. Ella le observa con atención. Es un hombre de unos cincuenta años, pero no aparenta más de cuarenta. De cabellos apenas canosos y un porte muy elegante. Está muy bien conservado y mantiene todo el vigor de la madurez. Es muy severo con sus empleados y les exige todo el rendimiento necesario. Ella no puede quejarse, porque, además de pagarle un buen sueldo, le ha dado permiso para que falte, o salga más temprano, según lo necesite, para seguir estudiando y rindiendo las últimas materias que debe en la universidad. De ese modo, recalcula que en apenas dos meses puede graduarse.

En esos momentos don Alfonso levanta la cabeza.

–Por favor, Katy, siéntese un momento. Quiero comunicarle algo importante.

La joven obedece muy sumisa, como siempre.

–Esta tarde vendrá mi hijo Ricardo y quiero que usted le interiorice de todo el manejo de las oficinas –don Alfonso le habla muy seriamente–. Hasta ahora él se había mantenido al margen de mis problemas de negocios, pero parece que ha cambiado de opinión y desea aliviar un poco mi trabajo. Quiero que usted le explique en detalle todo lo que debe hacer, ¿comprende?

–Sí, señor. Y me alegro de esta determinación de su hijo. Creo que a usted le hace falta un poco de descanso. Este último tiempo ha tenido demasiado trabajo –Katy dice esto con toda naturalidad.

Don Alfonso la mira sorprendido. Debe reconocer que hasta ahora nadie se había atrevido a darle consejos. ¡Ni él se lo hubiera permitido! Pero con Katy le sucede algo muy extraño. No sólo le ha dado amplia libertad con respecto a su trabajo, sino que le agrada que ella se interese por sus cuestiones personales. Incluso cuando hace un momento le ha aconsejado que debe descansar, a él se le antoja que en vez de su secretaria, está escuchando a una hija. ¿Una hija? Sí… ¿por qué no? ¿Acaso no se ha dado cuenta cómo la mira su hijo mayor? ¿Y Ricardo que desde que Katy trabaja en la fábrica viene todos los días? Y, de repente, esa insólita decisión de atender sus oficinas, siendo que él siempre se lo pidió, sin conseguir que le hiciera caso. ¿Y ahora, de pronto, decide asumir esa responsabilidad? Debe reconocer que Katy ha influido en esa decisión. ¡Y no es para menos! Observa mejor a la muchacha: Es buena, inteligente, simpática y además, muy bonita ¿Qué tiene de extraño, entonces, que sus hijos se hayan fijado en ella? Al pensar en todo esto no puede evitar que una sonrisa se dibuje en sus labios.

Katy lo mira desconcertada, no sabiendo a qué atribuir aquella sonrisa.

—¿Dije algo que no corresponde, señor?

—¡Oh, no, qué idea! Recién cuando usted me dijo que necesitaba un descanso me he dado cuenta que en realidad es así. Los años pasan, y aunque uno no quiera, llega la época en que necesitamos que alguien venga a reemplazarnos.

—Y si ese alguien es su propio hijo, cuánto mejor.

—Sí, tiene razón. Cuando Alfonso, mi hijo mayor, se diplomó de ingeniero y se hizo cargo de la sección industrial de la fábrica, quedé a cargo de las oficinas, pero siempre tenía intención de que se ocupara de esta parte Ricardo. Él nunca quería. Yo no quise forzarlo, porque era demasiado joven y le gustaba divertirse. Así que dejé que aprovechara la vida lo mejor que pudiera ¿No le parece que hice bien?

—Creo que no, señor. Perdone usted mi franqueza, pero yo pienso que la mejor manera de aprovechar la vida no es malgastando la juventud en diversiones, sino asegurándonos para la vida eterna, que es lo más importante.

–¡Oh, Katy! ¡Usted siempre con esos temas!

–Perdone, señor, pero no puedo evitarlo. –Katy le habla con sinceridad, pero a la vez con mucha dulzura–. Cuando le veo a usted tan ocupado en sus negocios, sin siquiera acordarse de que tiene un alma que debe salvar para la eternidad, viene siempre a mi memoria aquel hombre que se decía a sí mismo: "Alma, muchos bienes tienes guardados para muchos años; repósate, come, bebe, regocíjate"; y no pensaba que el alma no puede llenarse con cosas materiales. Cuando una noche oyó que le decían: "Necio, esta noche vienen a pedirte tu alma; y lo que has provisto, ¿de quién será?" Él no supo qué hacer… Tengo miedo que a usted algún día le suceda lo mismo.

–En mi caso, creo que sería diferente –don Alfonso se encuentra bastante molesto ante la exposición de la muchacha–. Porque lo mío lo aprovecharían mis hijos.

–Los bienes materiales podrán aprovecharlos sus hijos. Pero su alma ¿cómo sabe dónde irá?

–Por favor, Katy, ¿acaso me quiere decir que ya estoy tan viejo que en cualquier momento voy a morir? –sonríe con sorna.

–No, señor. Y usted lo sabe muy bien, porque tanto puede morir una persona joven como un anciano. Por eso debemos pensar en esa parte de nuestro cuerpo que es eterna, para que si la muerte nos sorprende en cualquier momento, vayamos preparados a la presencia de Dios.

–Bueno, Katy –la interrumpe don Alfonso intranquilo–. No quiero discutir con usted sobre esto.

–Está bien, señor, como usted desee –al momento vuelve a ocuparse de su trabajo.

Don Alfonso le da algunas indicaciones y se retira hacia un extremo del despacho, tomando entre sus manos uno de sus libros de finanzas con intención de ocuparse de él. Pero al instante lo aparta.

Siente cierta inquietud inexplicable. Desde que Katy ha entrado a trabajar que siempre le habla de lo mismo. Y debe reconocer que ella tiene razón. Nunca antes se ha ocupado de su alma y de su relación con Dios.

Queda un momento pensativo. Luego se pasa la mano por la frente como para ahuyentar sus ideas y vuelve a ensimismarse en su tarea.

Un momento después suena la sirena que indica la hora del almuerzo.

–¿Puedo retirarme, señor? –Katy llega hasta donde él está.

–¡Oh, sí, por supuesto!

Dos confluencias sentimentales

Ella sale y apresuradamente se dirige al comedor y se sienta en una de las mesas donde ya están ubicados Marcos, Juan José y Ana María, que, aunque no está empleada en la fábrica, viene muy a menudo a almorzar allí.

Los cuatro se han hecho grandes amigos y al momento están charlando muy entretenidos. Cuando ya les sirven los postres, Juan José comenta:

–Hoy es un día muy especial para nosotros. Todos nos sentimos muy felices de que hayas recibido al Señor en tu corazón, Marcos. Esperamos que desde ahora luches constantemente para ganar a tu madre.

El joven se incomoda un poco, pues Juan José, al referirse nada más que a su madre, le recuerda su mentira. Trata de disimularlo:

–Sí, creo que lo mejor que puedo hacer es que ella llegue a tener la salvación como yo.

–¡Yo estoy contentísima! Porque ahora seremos dos para ganar a Ricardo –Ana María demuestra su alegría.

–Si es por él no te preocupes –la alienta Katy–. Todos estos días, cuando viene a la oficina, tenemos largas conversaciones y estoy segura que lo único que le detiene es el temor de perder los placeres que hasta ahora ha estado disfrutando. Cuando se dé cuenta de que la felicidad que da Cristo es mucho mayor que cualquier placer de este mundo, ya verás cómo él mismo buscará a Dios –y recordando de pronto algo, añade–: ¡A propósito! Me olvidaba… ¿Saben que don Alfonso me comunicó, antes de venir para aquí, que Ricardo quiere hacerse cargo de la parte contable de la fábrica?

Los tres amigos la miran extrañados.

–Ya sé que les resulta insólito, pero don Alfonso me dijo que quería disminuirle su trabajo. ¿No les parece una buena noticia? ¡Ahora estará todos los días con nosotros!

Marcos la mira con una arruga en la frente. A él no le parece muy buena la noticia de que Ricardo esté todo el día junto a Katy. ¡Con lo mujeriego que es! Pero luego piensa en Ana María y desvía su mirada para observar que a ella tampoco le resulta muy agradable la idea. Los dos, de distinta manera, no pueden evitar sentirse recelosos ante la actitud de Ricardo. El único más optimista es Juan José.

–¡Me parece estupendo lo que acabas de decir! Ahora podremos tenerlo más cerca nuestro y hablarle todos los días.

En ese momento suena la sirena que indica el regreso a las tareas. Enseguida Marcos se disculpa y se retira contrariado. Katy y Juan José saludan a su amiga y van charlando en dirección a la puerta de salida del comedor, junto con los demás empleados.

Ana María queda sentada, sumida en sus propios pensamientos ¡Ojalá sus sospechas no sean ciertas! Pero son demasiadas casualidades: Primero, Ricardo comienza a venir todos los días a la fábrica, justamente desde el día en que Katy comenzó a trabajar allí. Y ahora le ha pedido a don Alfonso que le permita hacerse cargo de esa sección de la empresa. Para más, ¡tendrá que trabajar en su oficina! Además, ella sabe cuánto tiempo pasan charlando juntos. Es inevitable que su corazón enamorado sufra ante esas evidencias que, para ella, son irrefutables.

–Perdón, señorita, pero debemos retirar las mesas –la sobresalta una voz a sus espaldas.

Se levanta, un poco confundida.

–Perdóneme –vuelve a hablar el mozo–, pero se han retirado todos y necesitamos limpiar el salón.

–¡Oh, sí! Perdone usted –se disculpa la joven, mientras toma su bolso y se retira.

El mozo le sonríe comprensivo y comienza a limpiar.

14

RICARDO SE CONFIESA

Hace algún tiempo que Ricardo se ha hecho cargo de la oficina de su padre y ya está al tanto de todas las actividades que le conciernen. Katy le ayuda en todo lo que puede y todos los días sostienen largas conversaciones. A veces de cuestiones de negocios, pero otras, como en este día, de sentimientos personales. Ella, siempre que puede, aprovecha para hablarle de temas espirituales. Al principio Ricardo rechazaba todo lo que le decía, pero poco a poco Katy ha ido venciendo su resistencia, a tal punto que ese día él mismo comienza la conversación.

—¿Sabes, Katy? Anoche casi no he podido dormir pensando en todo lo que me dices a diario.

La joven deja de escribir de inmediato y viene hasta donde él está, sentándose en una cómoda silla al otro lado del escritorio. Desde que ha llegado esta mañana, ha notado cierta inquietud en el joven, pero no le ha dicho nada esperando que él se lo comente. Ya está acostumbrada a ser su confidente. Desde que trabajan juntos le cuenta todo lo que le sucede, aun sus problemas sentimentales. De ese modo, se ha enterado del amor del joven por Ana María y su temor de no ser correspondido. Ricardo ha hallado en ella una verdadera amiga y compañera.

–¿Qué te sucede hoy?

–Bueno, ni yo mismo lo sé –suspira Ricardo–. Anoche vinieron a buscarme para ir al cumpleaños de una de mis amigas y me encontré rechazándolos –su angustia es evidente–. ¿Qué me sucede Katy?

–Es muy sencillo. No tienes paz en tu corazón.

–Pero ¿por qué antes me gustaba ir a esos bailes y fiestas que ahora me ahogan?

–Porque necesitabas llenar con diversiones ese gran vacío que tienes dentro. Pero tú mismo reconociste hace poco que te divertías mientras estabas en esas fiestas, pero cuando salías, volvías a encontrarte vacío.

–Sí… Por eso necesitaba pasarme la vida de fiesta en fiesta; para no pensar. Pero ahora ya no puedo ahuyentar de mi mente todo lo que me dices a diario.

–Es que ahora Dios está hablando a tu alma. Quiere hacerte ver que no hay nada en este mundo capaz de darte la paz que necesitas. Ricardo, el Señor dice en su Palabra: "Venid a mí todos los que estáis trabajados y cargados, que yo os haré descansar". Él promete darte completa paz y tranquilidad. No te niegues a su llamado.

–No sé, Katy… No sé –muy inquieto comienza a caminar–. Creo que tienes razón, pero algo me detiene y me impide pensar con claridad.

–Es el diablo que quiere retenerte en su poder y no deja que te liberes para confiar en Dios.

Ricardo mueve la cabeza, dudando entre creer y permanecer indiferente ante las palabras de Katy. Mientras tanto, ella ora, ora sin cesar para que Dios ayude a aquella alma atribulada.

Al cabo de un momento, el joven vuelve a sentarse y prosigue con su trabajo con toda naturalidad, como si nada hubiera acontecido.

Katy decide no insistir y deja que él tome su propia decisión.

Sin embargo, cuando llega la hora del almuerzo, por primera vez desde que ha comenzado a trabajar en la fábrica, Ricardo comparte la mesa con Katy y sus amigos en el comedor de los empleados. Hasta ahora siempre lo había hecho en la sala reservada para los dueños de la empresa.

Todos están un poco asombrados ante su actitud, pero no dicen nada, para que no se sienta incómodo.

De ese modo, poco a poco, comienza a integrarse al grupo. Y cuando ya han pasado unas semanas, no sólo busca su compañía en la fábrica, sino que acepta gustoso sus invitaciones para ir a la playa, o bien, para sus excursiones al campo. Pero, hasta ahora, siempre que lo invitan a una reunión rehúsa con cualquier pretexto.

Así pasa algún tiempo más, hasta que un día viernes, Ana María se sorprende al verlo cruzar los jardines hasta su casa.

–Buenos días –saluda Ricardo y se llega hasta donde ella está regando algunas plantas de su abuelo.

–¿No fuiste a trabajar? –se extraña de verlo en casa.

–Voy enseguida, pero como el domingo es el cumpleaños de mamá, quise venir a buscarte para que me ayudes a elegirle un regalo. ¿Puede ser?

–¡Oh, sí, Ricardo! ¡Por supuesto! –Ana María parpadea nerviosa esforzándose por ocultar la satisfacción que asoma a sus ojos desde el fondo del alma–. Entro a cambiarme y enseguida estoy contigo.

–No te retrases.

Ella se aleja por temor a no poder ocultar la felicidad que la embarga. Al momento vuelve, ya cambiada.

El barrio residencial ha quedado atrás, cuando Ana María rompe la pausa que se ha hecho entre ellos.

–Dime, Ricardo, ¿ya no estás enojado porque salgo con Juan José Ezquerra, verdad?

–No, Any. Ya no. Debo reconocer que es un excelente muchacho. Y te diré la verdad, siempre supe que lo era, pero lo que no toleraba en él era que fuese evangélico.

–¿Y ahora?

–Bueno, ahora sabes que pienso distinto. Después que conocí a Katy y comencé a tratarla, me di cuenta de que eran tonterías todo lo que yo pensaba, así que ya no tengo por qué odiar a Juan José.

–¿Katy te hizo cambiar tanto de opinión?

–Debo reconocer que sí. Es una muchacha excepcional y la que más ha influido para que yo tenga este cambio.

Al oír esto Ana María siente que algo dentro de ella se desgarra, produciéndole un dolor indefinido. ¡Con cuánto ardor habla de Katy!

–Pero, ¿qué querías decirme de Juan José? –Ricardo maneja sin mirarla.

–Bueno, si ya no le guardas rencor, tal vez quieras ayudarlo.

–Si es que está a mi alcance, con mucho gusto.

–Se trata de darle un ascenso o algún puesto que le permita ganar más dinero. Porque, como su madre es viuda, debe mantener su familia, que es bastante numerosa.

–No te aflijas. Hoy mismo veré qué puedo hacer por él.

–Gracias Ricardo. Sabía que podía contar contigo. Cuando gane más, creo que ya podrá casarse.

Al oír estas palabras, Ricardo, que ha ido muy atento al volante, lo descuida un instante, de modo que el auto da un barquinazo y se va a la cuneta. Una violenta sacudida los zarandea como monigotes. Por suerte se hallan en una amplia avenida y no necesita muchas maniobras para volverlo a la normalidad.

Ana María, cuando se repone del susto, pregunta bastante sorprendida:

—¿Qué paso, Ricardo?

—Nada –contesta él secamente. Luego pone su atención en el volante y queda callado, pero siente rabia dentro de él. ¿Por qué le ha afectado tanto oír que Juan José desea casarse? ¿Para qué preguntarlo? Ahora tiene la certeza de haber perdido a Ana María para siempre. Siente que su corazón se desgarra. Pero ¿qué esperaba él? ¿Acaso conseguir su amor? ¡Tal vez si hubiera tratado de conquistarla antes de que conociera a Juan José! Pero ahora ya es demasiado tarde. Sólo le resta desearle que sea feliz. ¿Y tendrá que ser él mismo el que le dé la posibilidad de casarse? Ahora quisiera no haberle prometido ayudarlo. Pero no, no debe ser egoísta. Si está en sus manos la felicidad de Ana María, hará todo lo posible por conseguirla. ¡Aunque se le desgarre el corazón!

Momentos después llegan a una joyería. Compran el regalo para su madre y se dirigen a la fábrica.

El día siguiente transcurre sin novedad, hasta que para sorpresa de todos, mientras se está celebrando la reunión en casa de los Martínez, aparece Ricardo y se acomoda en un banco donde ya están Marcos, Katy y Ana María.

En ese momento sube don Justo a la plataforma y comienza la reunión, pidiendo un himno. Mientras cantan, los corazones de casi todos los jóvenes allí presentes, se elevan en una muda oración a favor de Ricardo. Especialmente sus tres compañeros de banco no cesan de pedir por él, para que el Señor hable esa misma noche a su corazón.

Ana María, que es la más sorprendida, lo mira de reojo y, al verle tan compungido, siente que la embarga una emoción infinita y apenas puede terminar de cantar.

Después de una corta pero elocuente oración, don Justo, lee en San Juan 14:27 lo que dice Jesús: "La paz os dejo, mi paz os doy; yo no os la doy como el mundo la da. No se turbe vuestro corazón, ni tenga miedo". Y luego lee en San Juan 16:33: "Estas cosas os he hablado para que en mí tengáis paz. En el mundo tendréis aflicción; pero confiad, yo he vencido al mundo".

Cuando Katy escucha estos textos, imaginándose el tema de la predicación, eleva su corazón al Señor: "Gracias, Dios mío, por haber hablado por medio de tu Espíritu al predicador, de modo que pueda llegar con su mensaje al corazón de Ricardo. Háblale esta misma noche, Señor".

La predicación vibrante, llena de fervor, se deja oír en el local. Parece que cada palabra fuese dirigida directamente hacia el joven, que, muy emocionado, sigue, sin perder detalle, el desarrollo del mensaje. No cabe duda que Dios está hablando a su alma.

Al final, cuando el predicador hace la invitación a alguien que quiera recibir al Señor. Ricardo parece que va a levantarse, pero se queda sentado. Hay algo que le detiene todavía.

¡Cuán tiernamente nos está llamando
Cristo a ti y a mí!
Él nos espera con brazos abiertos;
Llama a ti y a mí.

Venid, venid,
Si estáis cansados, venid;
¡Cuán tiernamente os está llamando!
¡Oh, pecadores, venid!

Las voces de todos los presentes se dejan oír, llenando el salón de algo celestial. De pronto Ricardo se levanta y, abrazando a su hermano, murmura con voz apagada por la emoción:

La decisión de Ricardo

–¡No puedo más! ¡Por fin me doy cuenta que Jesucristo es el único capaz de darme la paz que tanto necesito!

Katy y Ana María sacan sus pañuelos para secar las lágrimas.

–Gracias, Dios mío, gracias –murmuran ambas en voz baja.

Una vez finalizada la reunión, todos felicitan a Ricardo, que agradece con inclinaciones de cabeza, porque no puede hablar de la emoción.

Poco a poco los presentes se van retirando a sus hogares, llenos de alegría. En el cielo también hay una fiesta, porque un pecador ha pasado de muerte a vida.

Los más jóvenes se reúnen en la acera del paseo.

–¿Quieren que vayamos a pasear un rato? –Hugo es uno de los más entusiasmados.

Todos están de acuerdo con la idea y en contados minutos llegan al parque, que a esa hora se halla muy iluminado.

Ricardo y Ana María, casi inconscientemente, se separan del grupo y se dirigen por el sendero empedrado. Caminan silenciosos un buen trecho.

–¿Te sientes feliz, Ricardo?

–¡Realmente feliz! –el joven todavía se encuentra emocionado–. ¡Por fin he encontrado la paz que tanto busqué en lugares equivocados! –suspira profundamente–. Pero mi felicidad se completaría si tuviera el amor de la mujer que quiero con todo mi ser –mira tristemente a Ana María de reojo–. Pero me he dado cuenta que ella ama a otro muchacho.

—Esto es muy triste y doloroso. Pero debemos resignarnos —ella siente que el corazón le golpea con mucho dolor. "¡Pobre Ricardo! ¡Cuánto debe amar a Katy! ¡Si pudiera hacer algo por él!" Pero qué puede hacer ella, si sabe que Katy está enamorada de Marcos. ¡Qué destino el de los dos! Amar sin ser correspondidos.

En ese momento se les acerca una silueta femenina.

—¡Hola! —Katy muy sonriente, llega hasta ellos—. Me mandaron que les dijera si quieren ir a tomar algo —se detiene, observando la expresión triste de sus rostros—. Pero, ¿qué les pasa?

—Nada, no te preocupes —contesta Ricardo con voz apagada—. Enseguida vamos…

El empujón oportuno

Katy los observa mejor.

—Pero dime, Ricardo. ¿Acaso no le has dicho a Ana María cuánto la quieres? Y tú, bobita, ¿todavía no le dijiste que ya no puedes vivir sin él?

El asombro primero, la alegría después, los mantiene silenciosos un momento. Katy, comprendiendo lo que está pasando entre ellos, se aleja sonriendo.

—Dime, Ana María. ¿Es cierto lo que acaba de decir Katy? —la voz de Ricardo tiene vibraciones de angustia.

—¿Acaso no te has dado cuenta de cuánto te amo? —la joven le mira directamente a los ojos.

—¡Oh, Any! ¡Esto es maravilloso! —exclama Ricardo, feliz.

—Será maravilloso para ti, porque para mí es la verdad más triste de mi vida.

—Pero, ¿por qué?

—¿Y tú me lo preguntas? ¿Acaso no me acabas de decir que amas a alguien que no te corresponde?

Él la mira con mucha dulzura.

–Eso lo dije porque creía que estabas enamorada de Juan José, pero ahora que sé que es a mí a quien amas, soy el hombre más feliz de la tierra –baja la voz, estrechándola entre sus brazos mientras le busca los labios.

Es una caricia larga en la noche que se abre sobre un mundo de felicidad.

–Ricardo… Ricardo…

–Hemos sido unos tontos, nos hemos consumido en nuestra verdad. Pero tenemos tiempo, días y días por delante, años… Ana María, mi amor. Dime que no hay otro hombre en tus pensamientos, que nada ni nadie te arrancará de mi lado. Te quiero. Te he querido siempre, amor mío.

Ella se abandona entre sus brazos correspondiendo a sus besos. Ricardo se lo exige con una mezcla apasionada de felicidad y tortura.

15

KATY ENCUENTRA DOS MADRES

El día domingo amanece claro y soleado. Ana María disfruta regando el jardín, mientras su abuelo, sentado a la sombra de una recortada camelia, la contempla feliz. La ha visto nacer y crecer, pero nunca vio tanta felicidad en su rostro. ¡Y no es para menos! ¡Por fin se decidió Ricardo a corresponder a su amor!

La joven se va alejando en su tarea. Ya está en el paseo que se extiende a todo lo largo del seto que limita su propiedad con la vecina, cuando siente que alguien la toma por los hombros. Se vuelve, para encontrarse encerrada entre unos brazos muy fuertes.

–Buen día, mi amor. Parece que madrugaste.

–¡Ricardo! –ella le mira con expresión picaresca–. Sabes muy bien que me gusta madrugar; en cambio tú, al menos los domingos, no apareces hasta el mediodía, ¿qué ha sucedido hoy?

–¡Y tú me lo preguntas! –los ojos del joven brillan–. ¡Soy el hombre más feliz de la tierra! –le toma el rostro entre sus manos y deposita en sus labios un beso tierno, delicado. Luego la toma por los hombros y la separa un poco–. Vine a buscarte para que fuéramos a entregarle el regalo a mamá.

–¡Cierto que hoy es su cumpleaños! Con todo lo que pasó, me había olvidado.

–¿Y te olvidaste también que dentro de un rato vendrán Katy, Juan José y todos los demás? Mamá nos pidió que los invitásemos a pasar el día en nuestra casa.

–Sí. ¡Ahora me acuerdo! Iré a cambiarme para que vayamos a felicitar a tu madre. ¿Qué harás mientras tanto?

–Iré a la cocina a ver qué están preparando de rico.

–¡Goloso! –Ana María echa a correr rumbo a la casa.

Él se divierte y sonríe mientras la ve alejarse, y camina lentamente en dirección a la cocina. Cuando llega, encuentra a los criados que van y vienen con bandejas de comida. Da un vistazo a su alrededor pellizcando lo que más le apetece, y prosigue su camino hacia el comedor.

–Buen día, Ricardo –Marcos está terminando de acomodar las flores que compró el día anterior.

El recién llegado lo ayuda a terminar el arreglo de las mesas.

–¿Mamá ya bajó?

–No, todavía no.

–¿Qué te sucede esta mañana? –Ricardo observa mejor a su hermano–. Te noto nervioso.

–¡Qué me va a pasar! –se evidencia el nerviosismo del mayor de los hermanos–. Sabes muy bien que dentro de un rato vendrá Katy.

Ricardo se ríe.

–¿Y eso te pone así? Por favor, Marcos, ¡ni que fuera la primera vez que te vas a encontrar con ella!

–No… Ya sé. Pero es la primera vez que ella vendrá aquí, a casa.

–¿Y eso qué tiene de particular? ¿Acaso no quieres que mamá la conozca?

–Bien sabes que hace tiempo que deseo que la conozca mamá. Pero eso también me da miedo.

–¿Qué dices? –Ricardo lo mira sin terminar de comprender–. ¿Qué es lo que da miedo?

–Que Katy conozca a mamá.

Ricardo vuelve a observarlo ahora detenidamente y comienza a impacientarse.

–¡Eso es lo más absurdo que podía haber oído!

Marcos deja lo que está haciendo y, mira fijamente a su hermano.

–¿Acaso no te acuerdas que yo le dije a Katy que soy el hijo de Julia, nuestra cocinera?

No necesita decir más. Ricardo se deja caer en un sillón y se toma la frente con una mano.

–¡Era eso! ¡Por fin te entiendo! –da un profundo suspiro–. ¿Y ahora qué piensas hacer?

–No lo sé –replica Marcos con voz de apuro.

En ese momento llega Ana María.

–Bueno. Ya estoy lista –alegremente viene al encuentro de Ricardo, pero al ver la expresión sombría en el rostro de ambos jóvenes, pregunta extrañada–: ¿Pasó algo malo?

Ricardo sonríe y la toma con mucho cariño del hombro.

–No sucedió nada malo… ¡todavía! Pero si no pensamos algo pronto, creo que dentro de un rato ¡habrá tormenta!

–¿Quéeee? –Ana María los mira una y otra vez–. ¿Se puede saber por qué dices eso?

–Porque recién acaba de decirme Marcos que todavía no le ha dicho a Katy que no es hijo de nuestra cocinera, sino de los dueños de esta casa, o sea, nuestros padres. ¿Me explico?

–¡Oh, sí! Entiendo –se dirige directamente a Marcos–: Yo pienso que te haces demasiado problema. Ahora, ni bien llegue Katy, le dices la verdad y todo se arregla.

–Lo que yo no me explico es cómo no se lo has dicho todavía –añade Ricardo.

–Traté de hacerlo –se disculpa el hermano mayor–, pero cada vez que veía esa mirada limpia y pura no me animaba. Ella confía tanto en mí, que me parece que cuando sepa que todo este tiempo la he estado engañando, todo va a cambiar entre nosotros.

–No lo creo –trata de animarlo Ricardo–, Katy es un ser incapaz de guardar rencor a nadie. Y menos a ti, pues yo sé ¡cuánto te ama!

–Por otra parte –agrega Ana María–, yo pienso que ella ya se debe haber dado cuenta de todo, o al menos sospecha algo.

–No, estoy seguro que no. Cada vez que me habla de papá o de Ricardo lo hace desligándolos de mí, o sea, que cree firmemente que soy el hijo de Julia –da un profundo suspiro–. ¡No sé qué va a pasar hoy cuando venga aquí!

–Bueno, Marcos, no es para tanto –trata de animarlo Ricardo–. Creo que Katy comprenderá por qué la engañaste aquella vez.

–Sí. Si se lo hubiera explicado enseguida, sé que ella lo hubiera entendido. Pero no tuve la valentía de hacerlo y me fui envolviendo cada vez más en mi propia mentira. Así que ahora, cuando se entere de todo, no sé si podrá perdonarme… y perderá su confianza en mí.

–¿Quieres que se lo digamos nosotros? –Ana María trata de darle una solución.

–¡Oh, no! ¡Sería peor!

El cumpleaños de doña Margarita

Doña Margarita, que en ese momento viene bajando las escaleras, se detiene un momento para observar la escena.

–¡Qué caras! ¿Es así como reciben a su madre en el día de su cumpleaños?

Desciende los últimos escalones y sus hijos vienen a su encuentro.

–¡Felicidades, mamá!

La abrazan y besan, entregándole cada uno su regalo. Ella agradece emocionada, y tomando a sus dos hijos por los hombros, los lleva hasta un diván. Se sienta con un hijo a cada lado, y Ana María, en la alfombra, apoya la cabeza en las rodillas de Ricardo, que le acaricia cariñosamente el cabello.

Doña Margarita los mira enternecida.

–Anoche Marcos me contó lo que sucedió entre ustedes. Y me alegro muchísimo. Siempre supe que Ricardo te quería, Any, pero creo que ni él mismo lo sabía –pellizca cariñosamente la mejilla de su hijo menor y éste sonríe complacido–. Eres una buena muchacha, Ana María, y sé que harás feliz a mi hijo. Y como su felicidad es la mía, te lo agradeceré siempre.

–Es usted muy buena. Pero no tenga miedo. Haré todo lo que esté a mi alcance para que Ricardo sea feliz –Ana María mira a su novio con ojos cálidos. Él le retribuye acariciando su mejilla.

Doña Margarita gira la cabeza y mira a Marcos.

–Sé cuánto amas a Katy, hijo mío. Y no dudo que ella te corresponde. Pero también sé que todavía no le has confesado tu amor. Por eso he querido que la invitaras hoy –le acaricia el cabello–. Dile de una vez cuánto la amas, querido, porque así podrás completar tu felicidad. Y como a diario escucho hablar de sus cualidades y de su hermosura, no sólo física, sino también moral, no dudo que será la esposa ideal para ti.

–Sí, mamá, no te preocupes –asiente Marcos–. Creo que no podré pasar el día a su lado sin decirle cuánto la amo.

La madre sonríe complacida y cambia de tono.

–Bueno. Ahora a prepararse para recibir a las visitas, porque creo que no tardarán en llegar.

–Dime, mamá –Ricardo se levanta–: ¿Has invitado únicamente al grupo de jóvenes amigos nuestros, o vendrá también algún amigo tuyo o de papá?

–No hijo. Bien sabes que no congenio mucho con mis amistades. Si esos jóvenes de los que me hablaste tanto son tan felices y se muestran tan alegres como me han dicho, creo que pasaré un hermoso día. Además, hijo querido, con solamente verlos contentos ¡ya soy dichosa!

–Gracias, mamá, por tus palabras, que siempre saben llegar a lo más profundo de nuestro ser –Ricardo la besa con mucho cariño en la frente–. Ahora te dejo, porque quiero arreglar algunas cosas con Ana María.

–Ve, hijo, ve… Yo también tengo bastante que hacer.

Ricardo va a juntarse con su novia, que en ese momento está muy entretenida arreglando unas guirnaldas que ha colgado en la puerta de entrada, cuando ve detenerse en la rotonda del jardín el auto de Hugo, y sale a recibirlo. Al llegar ya han descendido sus ocupantes: Hugo, Silvia (su novia), Katy y Juan José, que ha traído también a uno de sus hermanos.

Don Alfonso, para sorpresa de los que le conocen como director de la fábrica, siempre tan serio y arrogante, les hace pasar, invitándolos cordialmente a sentarse en sendos sillones acolchados.

Los recién llegados observan cada detalle del lujoso ambiente: alfombras de terciopelo, grandes cortinados, aire acondicionado, etc. Como es lógico, todo trasluce la riqueza de sus dueños y se sienten un poco cohibidos. Aún Hugo y su novia, que son de un ambiente de gente adinerada. ¡Claro que nunca al alcance de un Albornoz Gardiábal!

Pero el recelo que sintieran al llegar, poco a poco se va apagando ante la hospitalidad de los dueños de casa, que derrochan amabilidad y cortesía.

Al rato llega doña Carmen con su esposo y otro auto repleto de jóvenes. Como el día está muy lindo, deciden almorzar en el gran patio embaldosado del fondo de la casa. Después de la sobremesa, doña Margarita los invita a pasar a la biblioteca, donde cada cual se entretiene con lo que más le agrada. Como han pasado la mañana corriendo y jugando en el parque, prefieren leer algún libro, o escuchar música, mientras charlan muy entretenidos.

En un momento dado Ana María viene hasta donde está Katy y tomándola de una mano la lleva afuera.

–Doña Margarita me encomendó que te pregunte si alguno sabe tocar el piano.

–Yo sabía tocarlo, pero hace mucho tiempo. No sé si me acordaré –la joven se encoge de hombros–. ¿Hay un piano aquí?

–¡Oh, sí! ¡Hay uno hermosísimo! Pero excepto doña Margarita, que lo hace sonar de vez en cuando, nadie se sienta delante de él.

–¡Qué lástima! ¿Quieres que vaya a verlo?

–Prueba, a lo mejor te acuerdas –Ana María invita a Katy que la siga. Pasan por un corredor, luego por dos saloncitos que parecen servir de escritorios, hasta que llegan a un amplísimo salón adornado con mucho lujo.

–¡Ohhh! –exclama Katy, quedando extasiada ante tan bellísima escena. Ante sus ojos, además de toda la majestuosidad de los decorados, se halla un estupendo piano de cola que en sí mismo llena una buena parte del salón.

Se llega hasta él, lo abre y, después de probar algunos acordes, comienza a tocar y a cantar:

¡Oh, cuán gratas son las horas
Cuando yo me acerco a ti!
Desde el cielo, do tú moras,
Padre, escúchame a mí…

Las melodiosas notas, unidas a la voz muy dulce de la joven, llenan el ambiente. Ana María corre a llamar a sus amigos, y al llegar, todos permanecen en silencio, escuchando.

Marcos contempla con ojos extasiados la escena. ¡Qué hermosa resulta sentada allí! ¡Y qué voz tan sublime!

Cuando Katy termina de cantar la última estrofa, se sorprende al ver que la han estado escuchando.

–¿Por qué no nos dijiste que tenías tan linda voz? –doña Carmen llega hasta ella.

–No importa –interviene Juan José–. Desde hoy ya lo sabemos y será muy grato oírla cantar en alguna reunión.

–Toca algo más –le pide Ricardo, que, al igual que los demás, se encuentra rodeando el piano.

–¡Tocaré uno especial para ti! –Ricardo presta más atención y queda extasiado escuchando.

La noche oscura fue sin ti, Señor.
Y lejos me encontré sin ti, Señor.
Al mundo yo seguí,
De su placer bebí.
Más paz no conocí, sin ti, Señor.

Cuando terminan de cantar, Katy gira un poco y observa a doña Margarita que, sentada en un sillón, bastante apartada, parece escuchar muy emocionada. Cree que es el momento más oportuno para hablar con ella.

–Mañana, cuando estés en casa –le ha dicho Ricardo al invitarla–, quisiera que hablaras con mamá. Creo que tiene un concepto equivocado de la salvación. Ella afirma que siendo buena y no haciendo mal a nadie, podemos lograr la vida eterna.

–No te preocupes –le ha dicho ella–. Ni bien pueda, trataré de hablar con tu mamá.

Ahora que se presenta la oportunidad, no quiere desaprovecharla.

Se levanta. Le pide a doña Carmen que siga tocando, y se dirige adonde está la dueña de casa.

–¿Puedo sentarme un momento a su lado?

–¡Oh, sí! ¡Por supuesto, Katy! –doña Margarita le hace lugar en el mismo sillón donde está ella.

–¿Le gusta oírnos cantar? –la joven inicia la conversación.

–Por supuesto. Entonan muy bien. Además hace tiempo que era necesario que alguien hiciera sonar ese piano –doña Margarita sonríe–. Todas las canciones que han cantado tienen palabras muy bonitas.

–Y muy significativas.

–¿Quiénes son los autores?

–Personas que han vivido experiencias muy lindas y han querido dejar una canción para que la entonen aquellos que se sientan identificados con ellas.

–Sin duda fueron personas muy dichosas.

–Sí. Fueron personas que recibieron a Cristo en su corazón, y como tenían completa paz, quisieron escribir sus experiencias.

Doña Margarita se queda callada. Katy eleva su corazón al Señor: "Padre Celestial, ayúdame a explicarle a esta mujer que es una pecadora y que necesita la salvación de su alma. Ayúdame a hacerle entender que tú la amas, pero que no podrá obtener la vida eterna sin aceptar a tu Hijo como Salvador".

Como observa que doña Margarita todavía permanece callada, le dice:

–Señora, Dios la ama y quiere que usted se salve.

–Eso ya lo sé. Por eso trato de agradarle en todo.

–Sí. Pero si no acepta la salvación que Él le ofrece, usted será condenada.

–Yo no puedo creer que si vivo haciendo el bien a mis semejantes y no hago mal a nadie, Dios me pueda condenar.

–Es que Dios no la va a condenar por haber hecho el bien aquí, sino por no haber aceptado a su Hijo, que murió por usted en la cruz del Calvario. Nosotros no podemos hacer nada para ganar el cielo, únicamente creer en la obra de Cristo. Dios dice que "en ningún otro hay salvación; porque no hay otro nombre bajo el cielo, dado a los hombres, en que podamos ser salvos" (Hechos 4:12). Únicamente si creemos en el Señor y aceptamos la obra que Él hizo por nosotros podremos salvarnos –Katy hace una breve pausa, esperando ver alguna reacción en doña Margarita, pero ella permanece en silencio–. Dios dice en su Palabra que el hombre no es justificado por las obras de la ley, sino por la fe de Jesucristo" y luego agrega: "por las obras de la ley nadie será justificado" (Gálatas 2:16). Y en otro pasaje dice: "Porque por gracia sois salvos por medio de la fe; y esto no de vosotros, pues es don de Dios; no por obras, para que nadie se gloríe" (Efesios 2:8-9). Dios no quiere que nos presentemos ante Él mostrándole lo bueno o malo que hemos hecho en este mundo. Porque entonces el cielo sería para privilegiados. Pues una persona que ha sido muy mala, aunque luego se arrepienta, no puede, por más buena que sea después, borrar lo malo que ha sido antes. Yo sé de algunas personas que fueron hasta criminales, pero que después se arrepintieron de sus pecados, aceptaron la obra de Cristo en la cruz y fueron justificados ante Dios.

–Pero, entonces, ¿quiere decir que podemos ser malos o cometer toda clase de pecados, que Dios igualmente nos puede salvar?

–No importa lo que hemos sido o hecho antes. Cuando aceptamos a Cristo como nuestro Salvador, Dios nos ve por medio de su Hijo y de ese modo, somos justificados ante Él.

–Pero, entonces, ¿de qué vale ser buenos? –doña Margarita se muestra impaciente.

–De mucho. Una vez que hemos aceptado al Señor en nuestros corazones, Dios nos manda que debemos hacer lo bueno. La Biblia dice: "Porque somos hechura suya, creados en Cristo Jesús para buenas obras, las cuales Dios preparó de antemano para que anduviésemos en ellas" (Efesios 2:10). Y en otra parte dice: "Y de hacer el bien y de la ayuda mutua no os olvidéis; porque de tales sacrificios se agrada Dios" (Hebreos 13:16). El Señor quiere que hagamos buenas obras, pero no para salvarnos, sino para agradarle a Él. Nuestra salvación la obtenemos solamente recibiendo a Cristo como Salvador y reconociendo que su obra en la cruz es lo único que Dios acepta en su presencia.

Se hace una breve pausa. Doña Margarita mira a Katy con mucha ternura.

–Tengo que reconocer que la religión de ustedes es bastante buena, porque ha cambiado mucho a mi hijo Ricardo. Él, antes, era diferente. Yo sabía que a veces andaba por malos caminos, pero desde que los conoció a ustedes cambió muchísimo. Ahora es bueno, atento, sumiso.

–Es que lo que cambió a Ricardo no es una "religión", como usted dice, señora, sino una "relación" con Cristo. Él aceptó que era un pecador y que por sus propios medios no podía salvarse, y se cobijó en el amor de Jesús. La Biblia dice que "el evangelio es el poder de Dios para salvación de todo aquel que cree" (Romanos 1:16). Ricardo creyó ese evangelio y eso es lo que le hizo cambiar tanto. No es una "religión". Porque no hay ninguna religión de esta tierra que pueda salvarnos. Sólo Cristo salva.

Doña Margarita queda muy impresionada, pero no dice nada. En ese momento se acerca un criado:

—Señora, ¿servimos los refrescos?

Doña Margarita se disculpa ante Katy y, levantándose, se aleja con el criado. La joven, mientras tanto, ora sin cesar para que Dios toque aquella alma.

Los jóvenes continúan cantando y sus voces llenan todo el ámbito del espacioso salón.

Marcos, al ver que Katy ha quedado sola, aprovecha para acercársele.

—¿Puedo acompañarte?

—¡Por supuesto! —la joven siente que los latidos de su corazón comienzan a golpear cada vez más fuerte.

Marcos se sienta a su lado en el sofá. Mira unos instantes a aquella muchacha que tanto dice a su corazón, y por un momento piensa decirle toda la verdad de su identidad. Reconoce que la joven no merece aquel engaño. Mientras lucha contra esto, ella interrumpe sus pensamientos.

—Recién cuando hablaba con doña Margarita, recordé que el martes es también el cumpleaños de mi madre. Lo recuerdo porque papá siempre en ese día renovaba las flores de su retrato. ¡Pobre mamá! ¿Dónde estará en estos momentos? —Katy suspira profundamente.

—Hemos hecho de todo para encontrarla. Pero ¡ha sido inútil! ¡Nadie sabe nada de ella! Es como si se la hubiera tragado la tierra.

—Yo tengo esperanzas de encontrarla todavía. Hace mucho tiempo que ninguna persona conocida la ha visto, y como además se ha cambiado el nombre, es muy difícil hallarla.

Marcos la mira compungido.

–Yo no quiero desilusionarte, Katy. Pero a lo mejor tu madre ya no vive.

–Sí –lo reconoce ella con tristeza–. Tal vez haya pasado a la presencia del Señor. Pero algo me dice que ella está viva. Yo le pido a Dios que pueda hallarla algún día –suspira muy hondo.

–Y Él contestará tus oraciones, como lo ha hecho hasta ahora –Marcos le habla con mucha dulzura mirándola con una sonrisa en los labios.

Marcos confiesa su amor

La joven no puede aguantar aquella mirada y baja la vista, mientras siente que su corazón le tiembla en el pecho.

Marcos le toma una mano entre las suyas y la aprieta con suavidad. Ella siente como si un golpe de electricidad penetrara hasta su corazón, estremeciéndola.

–Necesito decirte algo, Katy.

–Sí… –la joven no levanta la vista.

Él la toma por la barbilla, obligándola a mirarle. Quedan así por unos momentos, extasiados. Luego Marcos, olvidando lo que iba a decirle antes, sólo atina a murmurar:

–No creo que necesite decirte con palabras lo que mis ojos te vienen confesando desde hace tanto tiempo –le habla con una dulzura infinita, mientras la mira hondamente–. Te amo, Katy. ¿Quieres ser mi esposa?

Ella siente que una felicidad inigualable inunda todo su ser.

–Sí –su voz se entrecorta por la emoción–. Es lo que más deseo en el mundo.

Marcos aprisiona con sus manos el rostro de ella. La mira muy de cerca y deposita en sus labios un beso tierno. Luego la estrecha entre sus brazos, apretándola contra su corazón.

Ella da un hondo suspiro tembloroso y se abandona en aquel abrazo. Permanecen así, muy juntos. Sus corazones laten al unísono, mientras él murmura en voz muy baja dulces palabras de amor.

Los demás jóvenes, ajenos a lo sucedido con esta pareja, siguen cantando. Improvisan dúos, tríos o coros, según como les salga mejor. Sus alegres voces llenan toda la casa y llegan aún hasta la cocina, donde está casi toda la servidumbre preparando el refrigerio.

La revelación de Julia

Los criados comentan con alegría la visita de ese día. Pero hay una mujer que ha pasado toda la mañana sollozando, y ahora, cuando escucha las voces de los jóvenes, ya llora casi desconsoladamente.

Es doña Julia, la cocinera de los Gardiábal. Se halla muy quieta en un rincón de la amplia cocina, con un pañuelo en sus manos con el que de vez en cuando se limpia las lágrimas.

Al verla así, una señora de la servidumbre, muy amiga de ella, se le acerca.

–¿Qué le pasa este día, doña Julia, que se lo ha pasado llorando desde que llegaron esos jóvenes amigos de los hijos de don Alfonso? –doña Rosa, que así se llama la mujer, acerca una silla.

–Es que estos jóvenes, con su alegría y sus cantos, me recuerdan tiempos de mi juventud cuando yo también era feliz–. Doña Julia sigue llorando.

–Bueno, pero no tiene que ponerse así.

–¡No puedo evitarlo! Me recuerdan no sólo a mi juventud, sino también a mi esposo y a mi hijita, que abandoné apenas nació –se cubre el rostro entre las manos.

–¿Usted tenía una hija?

–Sí. Pero no la conocí. La abandoné apenas nació, sin siquiera haberla mirado –vuelve a llorar desconsolada.

Doña Rosa, le apoya una mano en el hombro.

–Cuénteme lo que pasó. Así, tal vez se alivie un poco.

Doña Julia se seca las lágrimas y traga saliva.

–Yo era una muchacha muy alegre, como todos esos jóvenes que hoy han venido aquí. Mis padres eran los pastores de la iglesia de mi pueblo. Allí conocí a un joven del cual me enamoré. Al poco tiempo nos casamos y vinimos a vivir aquí. Fuimos muy felices los primeros tiempos, pero luego sucedió algo que comenzó a cambiar mi vida. Una noche salí a caminar mientras esperaba a mi esposo y me encontré con un antiguo pretendiente de mi pueblo. Charlamos un rato y lo invité a pasar a mi casa. Allí me habló de todos sus proyectos y me propuso trabajar con él. Iba a instalar una discoteca y necesitaba una cantante para animar un poco el ambiente. Al principio me negué, pero venía todos los días a insistirme sobre lo mismo. Me halagaba continuamente y me proponía las mil maravillas, hasta que me convenció para ir a conocer su local. Una noche fui –se detiene por un nuevo sollozo–. Allí comenzaron todas mis desventuras. En el local todos los hombres me miraban con admiración y me halagaban. Yo nunca había estado en un ambiente así y todo me parecía muy lindo. Comencé a faltar de casa seguido para venir a la discoteca. Mi esposo, me aconsejaba con mucha paciencia, pero yo no quería hacerle caso. Así pasó un tiempo hasta que mi amigo me convenció para que cantara. Una noche lo hice. Me aplaudieron tanto que quedé maravillada. A la noche siguiente volví a cantar y luego se hizo costumbre. Me vestían con ropas cada vez más llamativas, y como además me pagaban bastante, yo seguía cantando, encantada. Todo fue así hasta que supe que estaba esperando un hijo.

–¿De su esposo?

–Sí. Aunque sucedía todo esto, yo nunca, hasta entonces, le había sido infiel.

–¿Y entonces? –la mujer no puede evitar su curiosidad.

–Mis amigos me aconsejaron que abortara, pero mi esposo se opuso terminantemente. Le amenacé con irme de la casa apenas naciera el bebé, pero igual, no accedió. Cuando ya mi figura no estuvo para subir al escenario, dejé de cantar. Pero no de ir al boliche.

–¿Y después? –la intriga devora a su amiga.

–Después que ella nació, me fui a trabajar en el mismo boliche. Al principio todo fue igual que antes, pero luego mi amigo, como sabía que había abandonado a mi esposo, me fue exigiendo que hiciera una y otra cosa. ¡Y así me degradé hasta lo más bajo. Lo digo con toda vergüenza, pero fue así –se cubre otra vez el rostro entre las manos–. Después me vi mezclada con unos traficantes de drogas, y así, poco a poco, metiéndome más y más en el fango. Llegó un momento en que estaba desesperada. Quise huir al extranjero y saqué un pasaje en un avión para Francia; pero cuando supe que aquellos delincuentes se habían dado cuenta de mi huida, decidí no tomar ese avión. Para suerte mía, o para desgracia, no lo sé, aquel avión explotó en pleno vuelo y murieron todos sus ocupantes.

–¡Qué horror! ¡Si usted hubiera ido allí!

–Seguramente hubiera perecido como los demás –doña Julia suspira muy hondo–. ¡Y tal vez hubiera sido mejor!

–No diga eso.

–Lo cierto es que aproveché que mi nombre salía en la lista de desaparecidos, para despistar a los delincuentes que me perseguían. Soborné a un empleado del registro civil y, pagándole una buena cantidad de dinero, me dio documentos falsos con los que pude seguir viviendo, sin la continua amenaza de aquellos hombres.

–¿Y qué hizo entonces? –doña Rosa está cada vez más interesada en la historia de vida.

–Me interné en un sanatorio de Madrid, donde me curaron de todos mis vicios. Estaba asqueada de aquella vida, así que aunque me costó bastante, pude liberarme de ese infierno. El tratamiento duró casi tres años. Como tenía bastante dinero, pude pagarlo, pero cuando dejé el sanatorio no tenía ni un centavo. Comencé a buscar trabajo, pero lo que conseguía no me alcanzaba ni para vivir, y menos para pagar las medicinas que todavía debía tomar, así que decidí volver aquí. Por suerte, al poco tiempo, conseguí este empleo y así pude seguir viviendo honradamente.

Ya está mucho más calmada. Doña Rosa se retira un momento y le trae una taza de té. Doña Julia bebe un sorbo.

–Después que estuve trabajando varios años en esta casa, quise volver a buscar a mi esposo y a mi hijita. Siempre me asaltaba la idea de volver con ellos, pero me avergonzaba tanto de lo que había hecho, que mi vergüenza podía más que mi voluntad. Además pensaba que mi esposo no me perdonaría –se detiene para tomar otro sorbo de té.

–Pero, ¿me dijo recién que fue a buscarlos?

–Sí. Volví a la casa donde vivíamos antes, pero ya no estaba. Ahora vivía otra señora que había conocido a mi esposo. Ella me contó que de su trabajo lo habían trasladado a la Argentina y se había llevado con él a nuestra hijita –se quiebra otra vez su voz.

–¿No le dio la dirección de ellos en la Argentina?

–No la sabía. Dijo que le había escrito varias cartas, pero se las devolvieron porque habían cambiado de domicilio. Me comentó que en la última carta que le mandó mi esposo le decía que tenía que internarse, pero después no recibió ninguna otra carta –da un profundo suspiro–. De ese modo quedé desvinculada de los seres que, a pesar de todo, más he querido en el mundo –se cubre el rostro con el pañuelo. Doña Rosa la anima frotándole la espalda, pero después de un buen rato recién logra calmarla–. Yo sé que Dios me ha castigado de ese modo por todo el daño que hice. ¡Nunca he podido arrancar de mi mente el recuerdo de mi esposo y de mi hijita! Pero hoy, cuando he escuchado cantar a esos jóvenes, he sentido como si me golpearan con un martillo el corazón, haciéndolo pedazos –la voz de doña Julia suena muy triste, pero ha logrado calmarse.

–Vaya a lavarse la cara. Pronto tenemos que servir el refrigerio.

–Sí. Enseguida voy.

Doña Julia se levanta y se aleja rumbo al lugar indicado.

Han pasado ya las horas y, después de tomar algunos refrescos, los jóvenes invitados se han retirado a sus hogares para luego asistir a la reunión de la noche.

Antes de irse Katy ha invitado a doña Margarita y ella le ha prometido que irá. Mientras se viste en la pensión no cesa de dar gracias al Señor por ese maravilloso día que ha pasado.

"Gracias, Padre Celestial, por haberme dado una nueva oportunidad de testificar de ti. Te pido que esta noche hables de una manera muy especial a doña Margarita para que podamos tener el gozo de verla pasar de muerte a vida. Igualmente, te pido Señor por la madre de Marcos, que hoy nos ha escuchado emocionada. Sé que tú la salvarás también a ella". Luego ora por la reunión, por sus amigos, etc. Y cuando va a terminar, añade –: "No puedo dejar de darte gracias por haberme concedido el amor de Marcos, al que tú ya sabías cuánto amaba. Gracias, Señor, por haberlo salvado, y gracias también por haber guiado todas las cosas, mostrándome cada día que él sería el esposo que tú me darías. Te ruego que nos bendigas y ayudes para que juntos testifiquemos de ti y para que nunca nos apartemos de tus caminos".

Se levanta con un nuevo brillo en sus ojos. Ahora sí que puede decir que es feliz.

Katy ora por su madre

De repente recuerda que todavía no ha encontrado a su madre y vuelve a arrodillarse: "Señor, perdona mi egoísmo. Con la felicidad que tengo en mi corazón por haber alcanzado el amor de Marcos, me he olvidado de pedirte por mi madre. Protégela en dondequiera que esté y ayúdame a encontrarla. Sé que se apartó de ti y anduvo por malos caminos, pero sé también que tú puedes perdonar, haciéndola volver a ti. Gracias por todo".

Cuando termina de arreglarse, sale para esperar a Hugo, que siempre pasa a buscarla.

Media hora más tarde ya están todos acomodados para comenzar la reunión. Con gran gozo en su corazón Katy ha visto entrar a doña Julia, y al rato a Ricardo con doña Margarita.

Desde ese momento no cesa de elevar su corazón al Señor por estas dos mujeres, sin saber que al hacerlo está intercediendo por su propia madre.

Después de cantar un himno comienza la reunión.

Toda la congregación siente la presencia del Espíritu Santo en medio de ellos. Don Justo, después de leer 1 Juan 1:9-10: "Si confesamos nuestros pecados, él es fiel y justo para perdonar nuestros pecados. y limpiarnos de toda maldad. Si decimos que no hemos pecado, le hacemos a Él mentiroso y su palabra no está en nosotros", comienza diciendo:

–Dios quiere mostrarnos en esta noche que todos hemos pecado y, por lo tanto, estamos destituidos de la gloria de Dios. Solamente si aceptamos esta verdad comprenderemos el alcance del amor de Dios. Él quiere salvarnos, pero necesita que reconozcamos que somos pecadores, y que únicamente si confiamos en Él tenemos la salvación. Dios dice en su Palabra que "no hay justo ni aún uno". Por lo tanto, quiere decir que todos somos pecadores y necesitamos una salvación.

Los presentes siguen las palabras del predicador con mucha atención. Pero hay dos almas a quienes el mensaje les toca muy de cerca.

Doña Margarita escucha muy atenta y poco a poco se va haciendo la luz en su mente. Ahora ya se da cuenta de que es una pecadora igual que cualquiera, y por más que quiera justificarse a sí misma, ya no puede. Dios ha tocado muy hondo en su corazón y las palabras que esta tarde le dijera Katy, y las que ahora dice el predicador, le llegan muy profundamente.

En otro lugar del salón, doña Julia llora casi desconsolada mientras escucha el mensaje.

"Por fe en Cristo, cada alma arrepentida puede recibir el perdón de sus pecados. Pero si un pecador deja de arrepentirse, si rehúsa confesar y abandonar sus pecados, entonces se encontrará desahuciado en el día del juicio".

Siente que esas palabras van dirigidas únicamente a ella.

Al terminar el mensaje, don Justo invita a aquellas personas que quisieran recibir al Señor que pasen al frente, para orar por ellas y ayudarles en lo que pueda.

Doña Margarita se decide

Dos mujeres se levantan. Katy, que tiene la cabeza inclinada en ferviente oración, no puede verlas, pero siente que Marcos murmura a sus oídos:

—Mi madre ha pasado al frente, Katy.

Levanta la mirada y entonces puede ver a las dos mujeres conversando con don Justo. Sus ojos se llenan de lágrimas: "Gracias, Señor, porque me has respondido", piensa emocionada.

Mientras tanto, doña Carmen se levanta y va a conversar con doña Margarita. La mujer se encuentra muy conmovida.

—Ahora comprendo que yo también soy una pecadora y por eso deseo recibir a Jesús.

—Dios la bendiga, señora. Si usted lo desea, podemos orar juntas, o si prefiere, hágalo usted sola. Dígale al Señor lo que siente y Él la comprenderá.

Ambas se arrodillan.

–Querido Dios. Tú sabes que toda mi vida he tratado de agradarte, pero recién ahora he comprendido que únicamente aceptando a tu Hijo, que murió por mí, puedo obtener la salvación de mi alma. Comprendo también que soy una pobre pecadora y que nada puedo hacer para agradarte. Perdóname, Señor y sálvame.

–Gracias, Señor –ora también doña Carmen–, por haber hecho comprender a doña Margarita tu grande amor para con ella. Ahora que ya eres su Salvador, ayúdala y bendícela para que sepa andar en tus caminos, y además para saber alcanzar a su esposo, que todavía no es tuyo. Gracias Señor. En el nombre de Cristo. Amén.

Se levanta y, abraza a doña Margarita.

–Ahora Cristo es, además de su Salvador, su guía permanente. Confíele cada aspecto de su vida y verá como Él la ayuda en todo.

Una oveja descarriada vuelve al redil

Mientras tanto, don Samuel no puede consolar a doña Julia, que llora y llora sin descanso.

–He hecho demasiado mal en mi vida para que Dios pueda perdonarme.

–Pero recuerde que todos sus pecados fueron cargados en la cruz de Cristo –la anima don Justo–. Y, por lo tanto, Dios dice que "nunca más se acordará de ellos".

–Sí… pero yo sabía todo esto antes de cometer los peores pecados de mi vida. Por eso sé que Dios no puede perdonarme –doña Julia se cubre el rostro con un pañuelo, llorando desconsoladamente.

–Dígame, señora –don Justo trata de calmarla–. ¿Usted se arrepiente de todo lo que ha hecho, verdad? –ella asiente con la cabeza–. La Biblia dice: "Al corazón contrito y humillado no despreciarás tú, oh Dios" (Salmos 51:17). Por lo tanto, si usted viene a Él esta noche, yo sé que la recibirá con gozo. El Señor dijo: "El que a mí viene, no le echo fuera" (Juan 6:37) –ni aún con todas estas palabras don Justo logra consolarla–. Usted me ha dicho que ya conocía la Palabra de Dios, por lo tanto debe saber la parábola del hijo pródigo. Recuerde que ese hijo se fue a una provincia apartada, donde gastó todo viviendo perdidamente. Pero cuando se dio cuenta de su estado y decidió volver a su hogar, el padre lo estaba esperando con los brazos abiertos y lo recibió gozoso. Usted es como ese hijo pródigo que se ha alejado de Dios, pero no por eso Él ha dejado de amarla. Todos estos años que han pasado Dios ha estado esperando que usted vuelva a Él para perdonarla y hacer una gran fiesta en su honor. Así que ahora que se ha arrepentido, Él está esperando que usted le pida perdón nada más, para recibirla gozoso en su seno.

Doña Julia levanta la cabeza con sus ojos llorosos.

–Sí… Ahora comprendo que Dios, aún con todo lo que he hecho, desea perdonarme –eleva sus ojos al cielo–. Gracias, Padre amante, por conservar tu paciencia hasta este día para poder alcanzarme con tu amor. Perdóname de tantas iniquidades que he hecho y recíbeme en tu gloria –no puede continuar porque su voz se quiebra por el llanto. Queda unos momentos en silencio con la cabeza baja–. Ahora lo único que te pido es poder encontrar a mi esposo y a mi hijita.

Al oír esto, doña Carmen, que ha estado observándola detenidamente, la reconoce y corre a abrazarla.

–¡Doña Adriana! ¿Es usted? –la llama por su antiguo nombre.

–Sí, doña Carmen, soy yo… Aquella tarde que vine a verla no

le conté todo lo que había sucedido, porque pensaba volver, pero después tuve vergüenza de hacerlo. Me sentía muy mal pensando que usted sabía lo mala que había sido y me avergonzaba de volver a verla. Pero ahora que sé que Dios me ha perdonado todos mis pecados, quiero contarle todo y pedirle que, por favor, me ayude a encontrar a mi esposo y a mi hijita para que ellos también me perdonen.

–No hace falta que me cuente nada, doña Adriana. Si Dios la ha perdonado, ya no debe recordar su vida pasada. Ahora quiero darle una hermosa noticia.

–¿Ha encontrado a mi esposo y a su hijita? –doña Julia demuestra su angustia.

–Su esposo falleció en la Argentina –explica doña Carmen–. Pero estoy segura que la perdonó.

–¿Y mi hijita? ¿Sabe qué ha sido de ella? –el rostro de la mujer se contrae.

–Katy está aquí, doña Adriana –doña Julia refleja sumo gozo–. Y desde que yo le dije que usted no había muerto, la ha buscado por todas partes.

Katy, después de oír que las dos mujeres que pasaron al frente han recibido al Señor, viene a felicitarlas. Está abrazando a doña Margarita cuando oye a doña Carmen decir esto. Se da vuelta rápidamente con el propósito de abrazar a su madre ¡Por fin la ha encontrado!

El terrible susto de Katy

Pero cuando observa que la mujer con quien conversa doña Carmen es justamente doña Julia, la madre de Marcos, se queda parada, tiesa ¡No puede ser! Siente que las piernas se le aflojan y comienza a nublarse su vista ¡Qué terrible coincidencia! ¡Oh,

Dios mío, qué horror! Entonces, ¿quiere decir que Marcos es mi hermano? –busca con angustia el rostro del joven–. Dime que no es verdad. Por favor, dime que no podemos ser hermanos. Tú y yo nos amamos para casarnos y así no podrá ser. Por favor, amor mío, dime que no es cierto –le ruega Katy con la mirada.

Marcos, creyendo que la joven ha descubierto la verdad de su engaño, le contesta:

–Sí, amor mío. Te engañé. Doña Julia no es mi madre. Perdóname.

Al ver la mirada suplicante de Marcos, Katy cree confirmadas sus sospechas. Siente que va a caerse. ¡No puede más!

Ante el asombro de todos los presentes, sale corriendo. Una vez afuera toma un taxi y huye de ese lugar.

Marcos, que en un primer momento ha quedado parado, muy quieto, sin saber qué hacer, se decide de pronto y sale corriendo tras ella. Al llegar a la calle la ve subir a un taxi y entonces toma su auto y la sigue hasta la pensión. Baja apresuradamente, y como ha ido más ligero para poder hablar con ella, viene a su encuentro.

–Déjame explicarte, Katy –le ruega con voz angustiosa.

–Por favor, Marcos –le implora ella con desesperación–. No me digas nada. Sería peor.

Y dejándole parado en la acera, corre adentro. Sube las escaleras de a dos y se encierra en su cuarto. Recién allí suelta el llanto, cubriéndose el rostro con las manos.

Llora, llora con tal desesperación como jamás lloró en su vida. "¡No puede ser! ¡No puede ser verdad!" se repite a cada instante. Pero después, dándose cuenta de que, por más que ella diga, nada podrá cambiar, vuelve su desesperación.

Se tira en la cama boca abajo y, ocultando su rostro en la almohada, descarga toda su angustia en el llanto que brota a raudales de sus ojos. Siente que esa noche su corazón se ha hecho pedazos.

Remordimientos

Marcos, después de ver desaparecer a Katy dentro de la pensión, se ha quedado parado, muy quieto, mirando el hueco de la puerta.

"¡Pobre amor mío! ¡Qué decepción! ¡Tanto que habías confiado en mí! Pero, ¿por qué fui tan cobarde que no supe decirte la verdad desde el primer momento?"

Después de permanecer un buen rato allí, decide volver a la casa de los Martínez para saludar a su madre y explicar lo sucedido.

Cuando llega, encuentra a todos con rostros extrañados y a doña Julia que, abrazada a doña Carmen, repite sin cesar:

–¡Mi hija no me ha perdonado! ¡Mi hija no me ha perdonado!

Se acerca muy despacio y, coloca una mano en el hombro de la mujer.

–No se preocupe, doña Julia. No es por usted que Katy ha salido en esa forma, sino por mí.

–¡¿Por usted?!

–Sí… Pero no se preocupe. Creo que, a pesar de todo, ella me va a perdonar. Algo me dice que será así.

–Pero ¿cómo sabe que a mí ya me ha perdonado?

–Porque hace tiempo que ella me lo ha dicho –la consuela Marcos con voz sincera–. Además Katy no deseaba otra cosa más que encontrarla.

–Pero, entonces, ¿por qué huyó así cuando yo fui a abrazarla?

–Ya le dije que no fue por usted. Y, por favor, ahora no me pregunte nada más. No puedo explicárselo.

Todos vuelven a sus hogares con alegría por las almas salvadas, pero no gozosos. El afecto que sienten por Katy les hace participar, aunque inconscientemente, de su dolor.

16

EL DESENLACE

Al día siguiente, después de una noche de insomnio para Marcos, se levanta temprano y va a ver a su hermano.

–No voy a ir a la fábrica –encuentra a Ricardo rumbo al comedor donde desayunan siempre–. No me siento muy bien hoy. Dile a Juan José que, por favor, tome mi lugar por este día.

–Juan José tampoco vendrá hoy. Ayer le di permiso para faltar. Se fue a la tarde para acompañar a su novia y se quedará hoy con ella –la preocupación se dibuja en el rostro de su hermano–. Pero no te hagas problema, le diré a otro que tome tu lugar. Después de todo, hasta ahora no has faltado un solo día –le sonríe para reanimarlo, y lo palmea en la espalda–. Y ahora siéntate a desayunar y cuéntame qué sucedió anoche con Katy, porque la verdad es que todos quedamos bastante desorientados y tú no diste muchas explicaciones que digamos.

–Anoche sucedió lo que tanto he temido este último tiempo. Katy, al ir a saludar a mamá y a doña Julia, se dio cuenta de mi engaño y no pudo resistirlo. ¡Por eso salió corriendo desesperada!

Ricardo, mientras da cuenta con buen apetito del desayuno que le han servido, observa a su hermano con detenimiento.

–¿Tú crees que eso fue lo que sucedió en realidad?

–¡Por supuesto! –Marcos siente verdadera angustia–. ¡Si supieras cómo me miró cuando fue a saludar a doña Julia! ¡Parecía reprocharme con desesperación lo que le había hecho! ¡Pobre amor mío! ¡Tan buena y noble que es ella!

Ricardo, en ese momento más que nunca, siente la necesidad de ayudar a su hermano.

–No te preocupes tanto, antes de ir a la fábrica pasaré a hablar con ella y estoy seguro de que la convenceré para que te perdone –se levanta y va a buscar sus cosas para dirigirse a la oficina. Cuando llega al umbral de la puerta de salida, se vuelve–: Ni bien llegue a la fábrica, te hablaré al celular para contarte el resultado de la entrevista –le saluda con la mano y desaparece.

Efectivamente, cuando llega a la oficina, lo primero que hace es marcar el número de su hermano.

–Hola, ¿Marcos?

–Sí, soy yo. ¿Cómo te fue?

–Mal. Encontré a Katy en un estado desastroso. Tenía los ojos hinchados y rojos de tanto llorar. Creo que, como tú, anoche no durmió nada.

–¡Pobre amor mío! ¡Cuánto mal le he hecho!

Ricardo lo anima, aconsejándole:

–Mira, Marcos, lo mejor es que no vayas a verla por ahora. Creo que ella misma, cuando sienta que puede perdonarte, irá a buscarte. No te desesperes y confía en el Señor, que solucionará todos los problemas para bien.

Marcos se asombra de oír hablar de ese modo a su hermano, pero se lo agradece en su interior.

–Gracias, Ricardo. Creo que tienes razón.

Al día siguiente nada ha cambiado.

Cuando Juan José llega a la fábrica, lo primero que hace es pasar por la oficina de Ricardo para interiorizarse del nuevo trabajo que éste le ha prometido. Al entrar lo encuentra muy nervioso.

–¿Qué sucede, Ricardo?

–¡Y qué va a suceder! –pone las manos en la cintura–. Ni ayer ni hoy ha venido Katy a la oficina y yo tengo un lío tan grande de cuentas y números que no sé ya ni lo que hago.

–¿Qué no ha venido Katy? ¿Acaso está enferma?

–No sé. Tuvo un problema con Marcos –contesta Ricardo bastante contrariado–. Está encerrada en su cuarto y nos ha pedido que no la molestemos.

–¿Qué dices? –Juan José está muy asombrado.

Ricardo se levanta y va hasta donde está su amigo.

–No sé bien lo que ha pasado. ¿Por qué no vas a verla? Quizá consigas que hable contigo.

–¡Por supuesto! Iré de inmediato –Juan José se retira apurado.

–Llévate uno de los autos de la cochera –le grita Ricardo cuando ya está a bastante distancia.

Katy continúa encerrada en su habitación, donde vino a refugiarse con su dolor al descubrir la más terrible verdad de su vida: El único hombre a quien amó más que a sí misma es su propio hermano.

Ya no tiene lágrimas en los ojos de tanto llorar. Ahora está tendida en la cama, boca arriba, con los ojos hinchados y la mirada perdida en un punto indefinido del cielo raso. Por primera vez en su vida siente que Dios se ha apartado de ella. Aunque lee la Biblia y trata de orar, no halla consuelo. Únicamente una gran resignación que poco a poco la ha ido calmando.

Ha pasado el día anterior sin que accediera a ver a nadie, pero ahora sí desearía recibir a algún amigo a quién confiarle todo el dolor de su corazón.

Unos pequeños golpecitos en la puerta llaman su atención.

–¿Quién es?

–Soy Juan José. ¡Por favor, ábreme!

Katy se aproxima por primera vez a la puerta. Todavía tiene en la mano el pañuelo con que se ha secado las lágrimas; en sus hermosos ojos hinchados hay un sello de melancolía y tristeza.

–Pasa.

El joven entra y se queda parado, muy quieto.

–¿Qué ha sucedido, Katy, para que hayas llorado de ese modo? ¡Nunca antes te había visto así!

Katy esboza una pequeña sonrisa y va a sentarse de nuevo en la cama.

–Es que tampoco nunca había tenido esta desesperación –invita a su amigo que se siente en la silla al lado de la cama.

Juan José alarga el brazo y toma una mano de la joven entre las suyas.

–Cuéntame qué pasó, Katy. Eso te aliviará.

–No te preocupes. Creo que mi desesperación ya se ha convertido en resignación. Pero igual te voy a contar lo que pasó, para que comprendas mi dolor –en pocas palabras le relata lo que ella cree haber descubierto el domingo. Cuando termina, sin poder contenerse, vuelve a soltar el llanto, Juan José se levanta y viene a sentarse en la cama a su lado.

–Cálmate, por favor –le acaricia la cabeza. Después de unos minutos logra que se reponga un poco.

–¿Te das cuenta, Juan José? El hombre que más he amado en el mundo es mi propio hermano y, por lo tanto, no puede ser mi novio –se vuelve a quebrar la voz de Katy.

–Es una terrible coincidencia. Pero por más que lo pienso no puedo terminar de creerlo.

–A mí me pasaba lo mismo –se seca las lágrimas con el pañuelo que todavía conserva entre sus manos–. ¡Si supieras qué feliz me sentía el domingo a la tarde cuando Marcos me pidió que fuera su esposa! Pero después, a la noche, cuando descubrí la verdad y busqué sus ojos pidiéndole en silencio que me dijera que no era cierto, sentí que él también sufría la misma desesperación. ¡Pobre Marcos! ¿Cómo estará ahora?

–Igual o peor que tú. Porque él también te ama con locura.

–¿Sabes una cosa? –Katy se anima un poco–. Hoy es el cumpleaños de mi madre. Y sé que debo ir a verla. Pero con sólo pensar que pueda pedirme que vaya a vivir con ella y su hijo, me desespero. Sé que, al menos por ahora, no podría estar junto a Marcos, pensando que es mi hermano y que nunca podrá ser mi esposo como tanto soñé.

–No hace falta que me lo digas, Katy. Yo te comprendo perfectamente. Pero algo me dice que Dios tiene una solución para todo esto. Él no puede abandonarte. Tú ya has sufrido demasiado como para que ahora tengas que soportar este nuevo dolor.

–Te aseguro que nunca hasta ahora sentí tanta angustia al aceptar la voluntad del Señor. Aun cuando me encarcelaron siendo inocente.

–Es que Dios permitió todo eso para salvar a Hugo y también a Ana María, y por ella a la familia Gardiábal. Pero ahora esto, para mí, no tiene explicación.

–Es que nuestros ojos no alcanzan a divisar más allá. Yo sé que si es la voluntad de Dios que así suceda, todo será para bien.

Juan José la mira asombrado de que aún pueda decir esto. Pero debe reconocer que ella tiene razón.

–Bueno, Katy –el joven se levanta–, vine pensando que podía ayudarte, pero ya veo que esto no tiene solución. Solamente te prometo que oraré al Señor por ti.

—Y te lo agradezco. Necesito muchísimo la ayuda de Dios en estos momentos –estrecha la mano que Juan José le extiende–. Gracias por haber venido.

—Hasta luego, Katy –la saluda, abriendo la puerta con intención de salir. De repente se vuelve–. ¡Ah!, con todo lo que me contaste, me olvidaba darte el mensaje de Ricardo: Dice si por favor puedes ir mañana a la oficina, porque tiene un lío de cuentas y documentos que no sabe cómo arreglar –sonríe al solo pensar lo que estará pasando.

—¡Pobre Ricardo! Lo he dejado sólo cuando más me necesitaba. Dile que mañana iré lo más temprano posible. Pero dime: ¿Don Alfonso tampoco fue ayer ni hoy?

—Creo que no se encuentra muy bien de salud.

—¡Pobre! Esta tarde, cuando vaya a saludar a mi madre, pasaré a verle. Dile a Ricardo que lleve a su casa lo que es más urgente.

—Muy bien, se lo diré. Hasta siempre, Katy, y ¡ánimo! –vuelve a estrechar la mano de ella y se retira.

Durante todo el camino hasta la fábrica Juan José va pensando en lo que le ha dicho Katy y le parece imposible tanta coincidencia. Cuando llega a la oficina de Ricardo, le encuentra despidiendo a unos señores de otras empresas que, después de protestar un rato, se retiran.

El joven se levanta y va hasta Juan José.

—¿Cómo está Katy?

—Está un poco mejor. Me dijo que lo de mayor urgencia lo lleves esta tarde a tu casa.

—¿Quiere decir que irá?

—Sí. Hoy es el cumpleaños de su madre y quiere ir a saludarla.

—¡Ah, es por ella! Yo pensé que iba a ver a Marcos.

—Bueno, creo que de todos modos se van a encontrar.

—Sí. Eso es inevitable. ¿Cómo encontraste a Katy?

—Ahora está un poco más resignada. Pero se ve que ha llorado muchísimo.

—¡Me imagino! Pero no creas que Marcos está mejor. Claro que el sufrimiento de él es diferente, porque como es el culpable, sufre de remordimientos.

—¿Qué estas diciendo? —Juan José se levanta de su asiento asombrado—. ¿Acaso él sabía todo esto? Y, entonces, ¿por qué no se lo dijo a Katy?

—Porque es un tonto y creía que ella le iba a perder la confianza. Lo que no termino de explicarme es por qué Katy reaccionó de ese modo.

—Pero ¿cómo quieres que reaccionara? Sabes muy bien cuánto amaba a Marcos. Y se enteró de golpe que no puede amarlo más.

—Bueno, pero ¡no es para tanto! —exclama un poco contrariado Ricardo—. Si ella, ahora, pudiera olvidar su engaño y perdonarlo, todo se solucionaría.

—Ricardo, aunque ella le perdone, ¿cómo quieres que siga amando a Marcos ahora que sabe que es su hermano? Eso es imposible. Por más que ella le…

—¿Qué dices? —Ricardo, de un solo salto, llega hasta donde está su amigo—. ¿Katy piensa que Marcos es su hermano y por eso huyó la otra noche y ahora se niega a verlo?

—¡Claro! ¿Por qué sería si no?

Ricardo cuenta la verdad

—¡Oh, no! —Ricardo se deja caer sobre una silla—. ¡Qué par de tontos! Están sufriendo sin saber que con sólo hablarse solucionarían su problema.

—¡¿Qué dices?! ¿Acaso Marcos no es su hermano?

—Pero ¡no! Marcos es "mi" hermano, hijo de don Alfonso Albornoz Gardiábal y de doña Margarita Muñiz.

–Pero, entonces, ¿por qué Katy tiene esa confusión?

–Porque Marcos, cuando la conoció, le dijo que era hijo de la cocinera de los Gardiábal.

–Pero, ¿por qué hizo eso? –Juan José no termina de entender.

–Mi hermano siempre tuvo ideas muy raras, ¿sabes? Cuando empezó a trabajar en la fábrica, la primera condición que le impuso a papá fue que nadie supiera que era su hijo. Por eso todos nos acostumbramos a llamarlo con su primer nombre. Y cuando conoció a Katy, pensó que ella se sentiría más cómoda si sabía que él también era pobre, por eso le mintió.

–Pero, ¿por qué después no se lo dijo?

–Eso no lo sé –Ricardo se encoge de hombros–. Lo que importa ahora es que ambos están sufriendo por causas muy distintas.

–¡Lo que es Katy está hecha una calamidad! –Juan José medita un instante–. Bueno, pero ya es hora de que deje de sufrir en vano. Ya mismo iré a decirle la verdad.

Hace ademán de salir, pero Ricardo lo detiene tomándolo de un brazo.

–No, espera. Tú me dijiste que ella piensa ir a casa esta tarde, ¿verdad?

–Sí. Pero me parece demasiado cruel hacerla esperar hasta entonces.

–Eso es lo de menos. Cuando se entere de que su amor por Marcos ya no es imposible, no le importará haber sufrido por él –combina con Juan José lo que harán esa tarde.

Una vez que se han puesto de acuerdo, se retiran cada uno a su labor.

17

LA DICHA ANSIADA

—**P**asa, Katy —invita Ricardo a la joven, que acaba de llegar a su casa.

—Vengo a ver a mi madre.

—Sí, ya lo sé. Pero antes quiero que vengas conmigo —la toma de la mano y la conduce a través de la gran sala de recepción. Pasan varios corredores hasta que llegan al escritorio particular del joven. Katy se ha dejado conducir como si fuera un animalito llevado por su amo. No tiene fuerzas para resistirse.

Cuando llegan al escritorio, Ricardo abre la puerta y le cede el paso gentilmente. Ella entra confiada, pero cuando ve quién está adentro se detiene en seco.

—¡Marcos! —Dirige su mirada a Juan José, que está a su lado, y sus ojos le preguntan: "¿Por qué nome evitaste este nuevo dolor?"

Los de Juan José responden: "No te preocupes, lo hice por tu bien".

Marcos, que ha sido llevado por un engaño de su hermano, también se sorprende. Se siente bastante incómodo, pero a la vez feliz de volver a ver a Katy.

Ricardo termina de entrar, y parándose a un costado de los dos jóvenes, los mira, primero a uno y después al otro. Están muy quietos, mirándose, sin poder hablar, pero a la vez queriendo decirse miles de cosas.

El hermano más joven mira a Juan José, sonriéndole, con gesto de complicidad:

–He querido reunirlos a ambos, porque tengo algo muy importante que decirles. Sé que tú, Katy, me lo estarás reprochando, pero cuando te enteres por qué lo hice, me vas a justificar –mira el rostro de ella como esperando alguna respuesta. Ella ha enmudecido ante la sorpresa–: Tú siempre me preguntaste por mi hermano Alfonso, del cual yo tanto te hablaba, ¿verdad? Bueno, ahora ha llegado el momento de que lo conozcas –estira el brazo hacia el joven mencionado–. Katy, te presento a mi hermano Marcos Alfonso Albornoz Gardiábal. Aquí lo tienes.

La joven abre desmesuradamente sus ojos. Sus labios tiemblan.
–Pero acaso él no es…
–No, Katy –la interrumpe Ricardo–. Marcos no es "tu hermano" –recalca las palabras–, sino el mío. Te engañó aquella tarde en el parque al decirte que era hijo de doña Julia. Pero la realidad es que…
–Pero es que acaso tú creías que yo… Que tú… –balbucea Marcos, confundido, dándose cuenta de pronto de todo lo ocurrido–. ¡Oh, Katy! ¡Qué tontería! –mueve la cabeza de un lado a otro. Levanta la mirada, y encuentra los ojos de ella llenos de lágrimas. Se miran un momento en silencio y corren uno hacia el otro.

Marcos extiende sus brazos, encerrando en ellos el cuerpo de la joven. La estrecha fuertemente contra su pecho, mientras siente que su camisa se moja con sus lágrimas.

–¡Cuánto debes haber sufrido, mi amor! –le acaricia sus cabellos.

–Por favor, Marcos. No digas nada –se aprieta contra él–. Quiero tenerte así mucho tiempo. Lo único que me importa ahora es esta felicidad que tengo.

Ricardo y Juan José, que hasta entonces permanecieron contemplando la conmovedora escena, se retiran sintiéndose como intrusos ante la dicha de la pareja.

–Lo q ue yo no comprendo –Ricardo cierra la puerta de su escritorio–… ¿cómo Katy no se dio cuenta antes que Marcos era mi hermano?

–Eso es muy sencillo. Yo tampoco nunca lo supe, y eso que hace más de ocho años que trabajo en la fábrica de tu padre. Antes no sabía ni siquiera quién era Marcos, pero cuando Katy me dijo que era hijo de la cocinera de ustedes, lo creí.

–Pero ¿nunca sospechaste siquiera que podía haber algún parentesco entre mi padre y él?

–No. Yo notaba que él lo trataba con cierta consideración, pero como tu hermano los tenía bien merecidos, nunca sospeché que fuera su propio hijo. Además en la fábrica Marcos siempre comió en el comedor de los empleados, con nosotros, y no en la sala de los dueños. Nunca se mostró superior a nadie. En fin, para mí, podía ser perfectamente el hijo de la cocinera.

–Resulta divertido –sonríe Ricardo–. El heredero directo de toda la fortuna de los Albornoz Gardiábal tomado como hijo de uno de sus sirvientes. ¡Parece increíble!

–Hablando de otro tema, ¿has pensado en doña Julia? ¿Ya sabe ella que su hija está aquí?

–¡Uy! Con todo esto ya me había olvidado por completo de ella, vayamos a buscarla –caminan ligero en dirección a la cocina–. Desde el domingo que no hace más que llorar. La pobre cree que Katy no la ha perdonado.

En el escritorio, mientras tanto, los dos jóvenes permanecen muy quietos, estrechamente abrasados. No necesitan palabras que expresen todo lo que sienten sus corazones.

Él acaricia el negro cabello de ella mientras se acurruca contra su pecho. Ella, sin pronunciar palabra, eleva sus brazos y rodea el cuello de él. Marcos, sintiéndose liberado por primera vez de todos sus prejuicios, toma el rostro de su novia entre sus manos y deposita en su boca un beso tierno, pero lleno de amor.

Katy se abandona por completo a aquel beso. Siente que su corazón va a estallar de felicidad. ¡Tanto que sufrió pensando que ya no podría tener más aquella dicha! Y ahora que todo vuelve a ser posible, no quiere desperdiciar un minuto de felicidad.

De repente se abre la puerta y aparece doña Julia. Avisada por Ricardo que su hija ha venido a verla, no ha podido esperar un minuto más y ha ido corriendo hasta donde le dijeron que se hallaba.

–¡Hija de mi alma!

–¡Mamá, querida! –Katy corre a abrazarla.

Todos contemplan aquel abrazo. Doña Julia mira el rostro de su hija, la besa en la frente, en las mejillas, una y mil veces, mojándole con sus lágrimas que afloran de sus ojos sin cesar.

Es tanta la alegría, que durante un buen rato no pueden hablar.

–¡Hija querida! ¡Cuánto sufrí pensando que no me habías perdonado!

–Por favor, mamá. No me hables de eso.

–Ya me dijo Ricardo que todo fue un lamentable equívoco. Pero tú tenías todo el derecho de no perdonarme. He sido muy mala con ustedes, yo abandoné a tu padre cuando tú…

–Por favor, mamá –la interrumpe Katy–. No quiero que recuerdes el pasado, ni vuelvas a mencionar nada que te produzca dolor. Quiero que puedas ser feliz como yo lo soy ahora. Hoy es tu cumpleaños y deseo que sea éste el día más feliz de tu vida y la mía… –se interrumpe al ver aparecer a doña Margarita con el rostro tenso, que camina en dirección a donde ella se encuentra.

–¡Por favor, Katy! –le ruega con lágrimas en los ojos–. Mi esposo está muy mal y no hace otra cosa que pedir que vayas a su lado. Sé que no tendría que molestarte en estos momentos, pero él me rogó que venga a buscarte.

–¡Por supuesto! Hizo usted muy bien. Dígame dónde se encuentra.

Doña Margarita sale seguida por la joven. Todos quedan bastante confundidos.

–Yo no sabía que papá estuviese tan mal –Ricardo, ha entrado detrás de su madre.

–Creo que esta mañana nuestro padre se agravó bastante. Vamos ahora mismo a verle.

Se encaminan hacia el dormitorio de su progenitor. Al llegar, ven salir al médico, que se retira con la cabeza baja.

–¿Está muy mal mi padre? –Ricardo no disimula su angustia.

–No lo sé –explica el médico–. Está muy agitado, y los ansiolíticos no le hacen nada. Ya le apliqué los que podía… Le sucede algo muy raro.

–Pero ¿corre peligro su vida?

–Eso no se puede prever; su padre tiene el corazón fuerte, pero en estos momentos está tan alterado que es posible algún ataque. Ahora lo he dejado con esa joven a la que tanto ha llamado desde esta mañana. Tengo la esperanza que hablando con ella, se calme.

Dejando al médico en el pasillo, los dos hermanos entran en el dormitorio de su padre. Quedan impresionados al verle con el rostro desencajado. Tiene una Biblia en su mano y habla muy alterado.

Entrando como por
"el ojo de una aguja"

–Pero aquí dice el mismo Jesús que "Más fácil es pasar un camello por el ojo de una aguja, que entrar un rico en el reino de Dios" (Marcos 10:25). Esto no me ha dejado en paz desde esta mañana. Por primera vez he sentido la muerte rondar muy cerca mío. Me he dado cuenta que no estoy bien delante de Dios. Y si muero, estaré perdido para siempre. ¡Esto me horroriza! Katy, ¡Por favor! ¡Dime qué puedo hacer! –don Alfonso se sienta en la cama, apoyando sus manos en los hombros de la joven que se ha sentado a su lado–. Tú siempre me dijiste que Dios me quería salvar. ¡Repítemelo ahora, te lo ruego!

–¡Cálmese, don Alfonso! –le pide la joven bastante aturdida al ver la desesperación del hombre.

–¡Es que no puedo calmarme! Me doy cuenta que he vivido toda la vida nada más que para amontonar riquezas, pero ahora esas riquezas no me sirven de nada, porque me impiden poseer la vida eterna ¡Dime algo! ¡Te lo ruego! –don Alfonso tiene el rostro desencajado.

La joven lo mira sin saber qué decirle. Entonces ora en voz alta:

–Señor, ayúdame, te lo ruego, a explicarle a don Alfonso que aún para él están abiertas las puertas del cielo. Dame la sabiduría necesaria para poder explicárselo.

–Pero, ¿cómo puedes decirle a Dios que para mí están abiertas las puertas del cielo, si el mismo Jesús dijo que "más fácil es pasar un camello por el ojo de una aguja, que entrar un rico en el reino de Dios?"

–Por favor, don Alfonso, le ruego que se calme. Yo sé que esas palabras a usted lo han alterado muchísimo. Pero ¿por qué no lee lo que el Señor les contestó a sus discípulos cuando ellos le hicieron esa misma pregunta que acaba de hacerme usted? En el mismo capítulo que usted leyó, dos versículos más abajo, el Señor dice: "Para los hombres es imposible, mas para Dios, no; porque todas las cosas son posibles para Dios". Eso quiere decir que aún para usted hay esperanzas.

–Pero, ¿qué debo hacer? ¿Acaso dar todo lo que poseo?

–¡Por supuesto que no! Las riquezas serían un impedimento si usted confiara más en ellas que en Dios, pero si no es así, el Señor Jesucristo murió en la cruz para salvar a todo aquel que creyera en Él, no importa si es rico o pobre, viejo o joven. Solamente quiere que usted, reconociéndose pecador, confíe en Él y le reciba como único Salvador.

A medida que Katy va hablando, se produce un cambio notable en el rostro de don Alfonso. Se borra por completo la desesperación de su semblante y poco a poco se llenan sus facciones de una paz infinita.

–¡Gracias, Dios mío! Ahora comprendo por qué dijiste aquellas santas palabras. De nada me servirían mis riquezas si no confiara en ti.

De pronto se corta su voz y queda muy quieto. Katy le observa un instante y se da vuelta.

–Creo que se ha desmayado.

Doña Margarita, que ha permanecido muy quieta observando a su esposo, al oír esto, se levanta de un salto y corre a llamar al doctor, que aún está en el pasillo.

Don Alfonso se recobra

Viene el médico y, después de revisarlo y tomarle el pulso, dice aliviado:

–No es nada grave. Se ha desmayado debido a una fuerte tensión nerviosa que ha debido soportar, pero creo que muy pronto recuperará el conocimiento –se levanta y comienza a guardar sus instrumentos en el maletín–. Desde esta mañana que me tenía muy preocupado su estado. He temido todo el día que le diera algún ataque, pero ahora ya ha pasado todo el peligro. Su corazón marcha perfectamente –se dirige hacia donde está Katy–. Creo que sus palabras, señorita, fueron las que hicieron este milagro.

–No, doctor. Fue la paz de Dios, que al entrar en su corazón, desplazó para siempre el temor a la muerte que él tenía.

El médico la mira extrañado y se retira encogiéndose de hombros.

Todos han quedado rodeando la cama del enfermo y apenas sale el facultativo le ven abrir los ojos y sonreír.

Doña Margarita se acerca tímidamente.

–¿Te sientes bien?

Don Alfonso, con el rostro iluminado, mira a cada uno de los que le rodean y da un profundo suspiro.

–¡Qué hermoso es tener a toda mi familia conmigo y saber que también en la eternidad estaremos juntos para siempre!

La dicha anhelada

Marcos suspira aliviado, y yendo hasta donde Katy se encuentra, le enlaza la cintura con sus brazos y la lleva hasta donde se halla doña Julia, en un rincón apartado del dormitorio.

–Vamos con su hija a pasear un rato por el jardín. Quiero que descanse de todas las tensiones que ha debido soportar en este día.

Doña Julia le sonríe, mientras acaricia el rostro de Katy. No se cansa de mirarla. ¡Todavía le parece increíble haberla encontrado!

–Vayan, hijos… Yo iré a preparar algo para la cena.

Salen de la mansión y caminan abrazados por los senderos del jardín. Una suave brisa otoñal acaricia sus rostros.

Cuando llegan a un banco, Marcos la invita a sentarse. Le toma el rostro entre sus manos y deposita en sus labios un beso tierno, delicado. Luego la abraza, apretándola contra su pecho.

Katy apoya la cabeza en su hombro y suspira profundamente.

–¿Sabes Marcos? Mientras veníamos caminando, pensaba en aquella mentira que me dijiste en el parque aquel día.

–¡Por favor, mi amor! No me lo recuerdes. Creo que nunca me perdonaré haberte hecho sufrir tanto.

Katy levanta el rostro y le mira con ojos acariciadores.

–Si no te lo reprocho, mi amor –vuelve a acurrucarse en sus brazos–. Simplemente pensaba que fue mejor que yo no me enterara desde el principio quién eras en realidad, porque si no, creo que no me hubiera animado nunca a hablarle a tu padre como lo hice muchas veces en la oficina.

–¿Por qué?

–¿No te das cuenta de que si sabía que era tu padre, también hubiera sabido que podría llegar a ser mi suegro?

Marcos se ríe.

–También a mamá le hablaste sin temor. Ella me comentó que lo que más le había gustado era la manera tan franca que tuviste para tratarla.

–Sí. Porque no sabía que era tu madre –Katy se separa un poco, encogiéndose de hombros–. Creo que de haberlo sabido no me hubiera animado ni a acercarme.

Marcos ríe aliviado al pensar que ella lo ha perdonado y además le encuentra una razón lógica a su engaño.

Toma el rostro de Katy entre sus manos y besa su frente repetidas veces.

–¡Dios te bendiga, mi amor! ¡Nunca terminaré de agradecer a Dios el haberte encontrado!

–¡Yo tengo tanto para agradecerle al Señor! –suspira profundamente y eleva el rostro hacia el cielo–. ¡Gracias, Padre Celestial, por esta felicidad que me diste! ¡Gracias porque permitiste que esa mentira de Marcos se convirtiera en esta hermosa realidad! ¡Gracias por haber tocado el corazón de su familia y ahora son salvos! Te agradezco también por haber encontrado a mi madre y puedo disfrutar mi felicidad junto a ella. Yo sé que papá está allí, muy cerca de ti. Cuéntale que he encontrado a mamá y que ya es una hija tuya. Dile también que nunca lo defraudaré.

Marcos la contempla extasiado y se siente enternecido ante sus palabras.

Por primera vez se da cuenta que es toda suya y esto hace que se estremezca hasta las fibras más íntimas de su ser. Estira sus brazos, apretándola contra su pecho, mientras sus ojos se llenan de lágrimas.

Katy se abandona a aquel abrazo y de vez en cuando derrama algunas lágrimas. Pero ya no son lágrimas de dolor o angustia, sino de dicha y felicidad.

¡Una dicha realmente merecida!

PALABRAS FINALES DE LA AUTORA

Si la lectura de este libro, aunque lo hayas considerado interesante, no te ha ayudado espiritualmente, entonces he fracasado totalmente en mi propósito como autora, y las muchas oraciones que ofrecí a Dios mientras estaba escribiéndolo han sido en vano.

El propósito principal de este libro es que si te sientes identificado con alguno de sus personajes, pienses también en cómo Dios quiere hablarte por medio de ellos y de su Palabra.

Si eres un padre o una madre creyente, recuerda las palabras de Proverbios 22:6: "Instruye al niño en su camino, y aun cuando fuere viejo no se apartará de él". Sigue el ejemplo de don Enrique Drake y traerás gran bendición a otros por medio de tus hijos.

Si eres un joven o una joven creyente, al igual que Katy, ten en cuenta que el testimonio de una vida fiel al Señor puede llegar a salvar muchas almas para la eternidad.

Si, en cambio, todavía no has entregado tu vida a Cristo y te crees tan malo como Hugo Ruiz, que piensas que el cielo no está hecho para ti, recuerda las palabras del propio Señor Jesucristo en Mateo 9:13: "Porque no he venido a llamar a justos, sino a pecadores, al arrepentimiento".

Si, por el contrario, eres una persona de vida ejemplar y piensas que no necesitas pedir perdón por tus pecados, quiero dejar para ti también las palabras que dijera el apóstol Pablo en Romanos 3:10 y 23: "No hay justo, ni aun UNO… por cuando todos pecaron, y están destituidos de la gloria de Dios". Compréndelo, tal como lo hizo doña Margarita y, si como ella has confiado o seguido una religión, porque piensas que de ese modo puedes llegar a salvarte, te digo, con la autoridad que me da la Palabra de Dios, que estás errado, pues "en ningún otro hay salvación, porque no hay otro nombre, bajo el cielo, dado a los hombres, en que podamos ser salvos" (Hechos 4:12). Solamente Cristo puede salvarte.

Si, al igual que Ricardo, prefieres los placeres y las diversiones de este mundo porque piensas que la vida de un creyente es aburrida y sin sabor, quiero dejar para ti las palabras del sabio Salomón en

Eclesiastés 2:10: "No negué a mis ojos ninguna cosa que desearan, ni aparté mi corazón de placer alguno". Luego agrega, "por cuanto todo es vanidad y aflicción de espíritu" (2:17) y más adelante, aconseja: "Alégrate, joven… y anda en los caminos de tu corazón y en la vista de tus ojos; pero SABE que sobre todas estas cosas te juzgará Dios" (11:9). Y en el capítulo 12:1, aconseja: "Acuérdate de tu Creador en los días de tu juventud, antes que vengan los días malos, y lleguen los años de los cuales digas: No tengo en ellos contentamiento". Si quieres tener completa paz en tu corazón, de modo que no necesites andar en placeres y diversiones para llenar ese vacío tuyo, recuerda que solamente Cristo puede dártela.

Si has vivido nada más que para amontonar riquezas como don Alfonso, o para preservarte un buen porvenir, y has olvidado que todo eso es pasajero, te recuerdo las palabras del mismo Señor Jesucristo: "Porque ¿qué aprovechará al hombre, si ganare todo el mundo y perdiere su alma?" (Mateo 16:26). Ten presente que lo más precioso que tienes es tu alma y es lo único eterno que vale la pena salvar.

Y, por último, si, como doña Julia (o Adriana), has sido de un hogar creyente, o has escuchado la Palabra de Dios, o quizás llegaste a recibir al Señor como tu Salvador y luego Satanás o las tentaciones de este mundo te han apartado de sus caminos, recuerda que lejos suyo nunca podrás tener gozo y paz completos, y ten en cuenta que, al igual que el padre del hijo pródigo de Lucas capítulo 15, Dios está todavía esperando que vuelvas a Él para perdonarte y hacer una gran fiesta en tu honor. No demores en volver a Él.

Cada personaje de este libro lo he sacado de la vida real, y el propósito principal al escribirlo, fue que la influencia de su lectura te ayude a evitar los errores de algunos personajes mencionados y puedas, en cambio, imitar a aquellos que aceptaron a Cristo como Salvador y Guía principal de sus vidas; para que al terminar esta vida presente, puedas entrar en las glorias celestiales que Cristo ha ido a preparar para todos aquellos que le aman.

Susana Quero de Tosini.

9 789887 269307 7